がんばればがんばるほど幸せになれないと感じているあなたへ

横森理香

祥伝社黄金文庫

文庫版のまえがき

こんなにがんばっているのに、どうして幸せになれないの？　まだまだがんばりが足りないのかしら？

もっとがんばりたいのに、体力ない、時間ない、お金ない、でがんばれない。もっとバリバリやって、欲しいものを全て手に入れている人が羨ましい。なんて、思っていませんか？

あるいは、こんなにがんばっているのに、努力が空回りして成果が見られない。そのがんばりを、一番認めてほしい人から、ちっとも認められない。それどころかバカにされ、がんばればがんばるほど、なんだかドツボにハマっていく気がしてならない。とか……。

マイナス思考になり始めると、その考えが頭のどこかに張り付いて、なかなか取れませんよね。まるで、揉み解《ほぐ》しても揉み解しても、なかなか取れない肩こりのごとく。

がんばっている人は、頭も肩も背中もガチガチにこっているものです。私もふだんそうですもん。分かりますよ。

普段の生活は、苛酷です。自分、家族、ペットの世話、家のことや仕事で、働いても働いても、やるべきことが終わらないでしょう。そんな生活を続けていると、どんどん自分にターボかかっちゃって、作業は異様に早くなるけど、疲れていることにも気づかないようになってきます。

忙しい生活は、充実感や達成感があっていいものですが、実はたいへん疲れているということが、一度休むと分かってきます。

体を壊してしばらくふだんの生活ができなくなったり、バケーションなどでちょっと休んでみると、何もしないということが、こんなにも退屈で、なのに体や心の疲れを取ってくれるものかと、驚くでしょう。

そう、がんばり屋さんは、働き者で、何もすることがない退屈が嫌いなのですよ。

でも、実は幸せとは、何もない「空」の時間にあるのです。いえ、幸せは、どこにでも、どの瞬間にもあるのですが、がんばっているときには、頭も体も忙しすぎて、感じられないのです。

でもふと、立ち止まって感じてみると、自分がどんなに幸せなのか、しみじみと感じられるようになってきます。

病気になったり、長い休暇を取らなくても、日常の中でできるのです。それができてくると、病気にもならないし、長い贅沢な休暇も必要なくなるでしょう。

毎日の生活が、じゅうぶん楽しくて幸せになるのです。

この世に、この肉体と命を与えられ、生きているだけで私たちは幸せなのです。それを感じられるようになるには、ちょっと力を抜いて、柔らかくなってみることですよ。

気持ちも、体も柔らかく……。自分に優しくなれれば、人にも優しくなれます。すると、人間関係もうまく行って、本当の幸せが手に入るでしょう。

愛なんて……と思っているそこのアナタ、一番欲しいものから、目を背けないでくださいね♡

２０１４年2月吉日

横森　理香

まえがき

この本は、私が41歳の時、30代までにさんざん書いた〝がんばれ本〟のアンチテーゼとして書いた本です。というのも現代女性は、かつての私をも含めて、がんばりすぎだと思うからです。

まあ30代までは、それでもギリギリがんばれる気力・体力があるのでがんばってみるのも一興です。それで確かに人生多少良くなったりもしますから、そのまだ若い気力・体力を、無駄にする手はありません。

だから体力・気力のある方たちは、『いますぐ幸せになるアイデア70』（祥伝社刊）など、30代に書いた私の本を参考にし、実行なさってください。でも、四十路《よそじ》を過ぎた方たちは、どうぞもうあんまりあれこれやってがんばらずに体と心、そして頭を休ませて欲しいのです。

なぜなら書いた本人ですら、30代に書いた本は、内容ががんばりすぎちゃってて読むのも疲れるからです。年齢がここまでぐっと来るとは思いもしませんでしたが、実際、ドッと来ました。

年のせいで最近は「はあ、疲れた、疲れた」が口癖になりました。本当に「疲れ」を実感するのです。かつて、30代までに「疲れた」なんて言っていたのは、なんとなく疲れちゃったみたい、ぐらいの感じだったようで、「ああ、疲れるっていうのはこういうことを言うのだな」というのが、身をもって分かるようになったのです。

本当に疲れるということは、なんにもする気が起こらない、マジで体が動かない、ということなんですね。それでも日々生活しておりますと、どうしてもしなければならないことというのはあって、這《は》ってでもそれをしなければ日常生活が送れないわけです。

それで何をするにつけても、口から「どっこいしょ」とか「よいしょ」が出るので、我が娘が最初に覚えた言葉も「よいしょ」です。朝起きてから寝るまで疲れ知らずのヤンゲストのくせに、嬉《うれ》しそうに「よいしょーっ」と言いながら、なんかするのです。

高齢出産の子供だから、可哀想に、よく耳にする言葉がこんな年寄り臭い掛け声だった。そう、もう自分で自分に「よいしょっ」と掛け声を掛けなければ、体が動かない時があるのです。若い頃など、もう鼻血も出んばかりの勢いで、元気すぎちゃって周りの人達が引いてた私ですら、40の壁は越えられなかった、ということなのでしょう。

そんなわけで、最近私は考えを改めたのです。より良くなろうとがんばるのもいいけど、40過ぎたら「ありのままの自分を受け入れる」ことも必要なのではないかと。そしてそれでこそ、幸せを味わえるのではないかと。

とにかく、40過ぎると疲れやすいのです。疲れていると、どんな幸せな状況、自分ががんばった証《あかし》としてある理想的な生活をしていても、幸せを感じられなくなってしまう。だから、実は幸せとは、40を過ぎたらもう、何はともあれ疲れていないことなのではないかと。

そう、幸せになるために、あれやこれややっていた30代までの方法論では、40代以降はもう通用しないのです。特に高齢出産でまだ手のかかる小さい子供がいるような人達は、本当にうまく休んで疲れを取ってあげないと、幸せなはずなのに不幸感漂《ただよ》い、ひいては本当に病気になったり、心の病に罹《かか》ったりしてしまいます。

実は私も41になったばかりの頃、一度「ガンではないか」と自分で疑うようなことがあり、その時の気持ちが、私に気づきを与えてくれたのです。病院で検査をした結果なんともなかったのですが、そう思った時図《はか》らずも私は、「ああ、これですべてから解放される」

と、実は気が晴れてしまったのです。

それは、長い大きな旅からやっと自分の家に帰れる、という時の解放感に似ていました。あー、ほっとしたー、みたいな。そして、私はこんなことを思いました。

まだちっちゃい子供は可哀想だけど、私の夫はお気楽な人だから、若い継母をすぐ見つけてくれるだろうし、子供も私のことなんかすぐ忘れて、若い継母と楽しく暮らせるようになるだろう。私みたいに疲れやすくて子供の相手もちゃんとしてあげられないような年《とし》増《ま》の母親より、そのほうがずっといい。

夫も、私のような枯れた40女より、やる気まんまんの若い女のほうが、ずっと男としての欲望を満たせるだろうし、疲れてごはん作るのもキツイ、なんて思われることもなく、楽しくぎんぎらぎんに日々を暮らせるようになるだろう。良かった良かった。私はとにかくあと数カ月で死ぬのだから、それまでの毎日を、今日が最後だと思って楽しく生きよう——。

そのように考えたことが、私に気づきを与えてくれたのです。つまり、そこまで思うほど疲れることもないし、がんばることも、毎日のやらなければならないことを義務と考える必要もないのだな、と。それより最初から「今日が最後の日だと思って楽しく生きる」

ほうが、人生ずっとラクに生きられるんじゃないかと。そしてそれこそが、正しい生き方なのではないかと。

この本は私の、40になってからの、30代とおんなじつもりでがんばりすぎて疲れてしまった反省を踏まえて、みなさんに提案したい「がんばらない生き方のコツ」です。40を過ぎたら、とにかく疲れないこと、疲れたら疲れが取れるまで休んで、休んで、休むこと。

そうしないと、疲れて苦しくなって、一気に成仏したくなってしまうのです。家族を残して「お許し」が出るのを心待ちにするような精神状態になるよりは、日々大したことはしなくても、それどころかいろんなことを怠けてロクデナシと罵《ののし》られても、自分でもナサケないと思っても、ラクに、楽しく生きたほうが、なんぼかいいじゃあ〜りませんか。

Contents

Part 1

がんばらないで生きる

Part 2

40にして原点に帰る

Part 3

ため息が出そうになった時に

Part 4

手抜きのススメ

Part 5

肉体は魂の器
その管理を大切に

Column

装幀　矢部あずさ（bitter design）

Part 1

がんばらないで生きる

一度、肩の力を抜いてみませんか

現代の女性ががんばる理由はこれ、「幸せになりたいから」の一言に尽きます。そして、「幸せでない」と思う原因は、その理想がエヴェレストのように高いからなのです。山頂を極めるには、決死の覚悟と、厳しいトレーニングがいります。

「こんなにがんばっているのに、なぜワタシはなかなか幸せになれないの?」

と思っている人は、まず一度、肩の力を抜いてみてください。肩の力のみならず、寝転んで、大の字になり、目を閉じて、全身の力を抜いてみてください。

これはヨガの「シャバアーサナ＝死体のポーズ」です。

「まあイヤだっ。死体のポーズなんて、怖いじゃない」と思われるかもしれませんが、どうでしょう、ちょっと、読書の手を休めてやってみてください。床の上にあればヨガマット、なければ座布団数枚を敷いて、畳や絨毯《じゅうたん》ならばまんま寝転んでみてください。

どうですか？　気持ちE〜でしょう？

ものすごーく疲れている時など、寝転がった途端に、ぐうぐう寝てしまうこともあります。でも、床の上だとさすがに長い時間は眠れないので、五分ほどで目が覚めます。しかしこの五分の半眠（うっかり寝ちまった）状態が、一晩の熟眠にも匹敵するほどの疲れ取りになるのです。ま、それは、ヨガの達人の話ですけどね。

そう、このポーズはヨガの中でも、いちばん簡単そうに見えて、実はいちばんむつかしいポーズなんです。どうしてかというと、このクソ忙しい現代社会では、「リラックスする」ということが、いちばん難しいことだからです。

だからこそ、「リラックスする」ために、体と心両方の、トレーニングが必要なのです。

ま、だから、40過ぎて、家庭でも仕事でもストレスいっぱい、体も心も疲れちゃって、ラクになりたくてこの本を読み始めた人は、とりあえず、その第一歩を踏み出して欲しいのです。いつしか、自分がたった五分のシャバアーサナをしただけで、一晩眠ったも同然の元気を取り戻せることを、想像するだけでワクワクしちゃうでしょ？

みなさん同様に年を取っていくわけだから、年齢に、つまり寄る年波に打ち勝って、いつまでもラクに楽しく生きるには、なんらかのワザ（神業とも言える？）を身に付けなきゃあいけません。

さて本題に戻りますが、どうして私がいきなり冒頭からシャバアーサナのポーズで「一度肩の力、いや全身の力を抜いてごらんなさいよ」などとススメるかということですね。山頂目指してがんばっている時っていうのは、人は充実感こそ覚えはすれ、幸せはしみじみとは感じられないものだからです。

そのうえホントに寄る年波、休まないで走り続けていると、疲れすぎちゃって本来幸せなはずのものも、幸せとは感じられなくなってしまう。こ〜れが、不幸の原因なんですね。

20代、30代、自己実現に向けてがんばり続けていた私もそうでした。そして不思議なことに、「もっともっと、まだまだ〜！」とがんばっている時って、もがけばもがくほど、ドツボにはまったりするんですよね（笑）。そして力を抜いた途端、いろんなことがうまくいき始めたりする。なんでだと思いますか？

これは、宇宙の真理なんですネ。

「またまた、うさんくさ～！」と思われる方も多いでしょうが、本当なんですよ。私もかつてはそんなものは存在しないと思っていたけど、体験してみると、「あ～、宇宙の真理ってホントにあるんだなぁ」と思います。

それは別に超不思議な体験とかじゃなくて、たとえば、昔の格言、「笑う門《かど》には福来《きた》る」って言葉が本当なんだよねぇ、みたいなこと。大昔から人々が体験して、こういうのってこういうもんだよね、的なことが、まあニューエイジ（精神世界）的に言うと、「宇宙の真理」。

私達は何か小賢《こざか》しい方法論で人の成功とか幸せは成り立っていると思いがちなんだけど、本当はそうじゃなくて、こういったもうすご～く大きい真理みたいなものの的《まと》を射ると、すごくラクに、簡単に、欲しかったものも手に入ったりするものなんです。

「何かを達成するためにがんばるんじゃなくて、逆に休んでしまう」「休んでしばし傍観する」というと、がんばらなきゃ世の中についていけない、置いてけぼり、負け犬……なんて思ってる人にとっては、とっても怖いことに違いありません。なんせこの世の中、「暇《ひま》そうにしてるとみくびられるから」って、ウソこいてまで忙しぶりっこしちゃう人が多いんですから。堂々と胸を張って自分は暇だと言える人間なんて、そういるもんじゃありませんからね。

30代の頃、テレビ番組でピーコさんと御一緒した時の話ですが、お友達の岩下志麻《いわしたしま》さんとどこぞのブランド店で会われて、「最近どーおー？　忙しい？」と聞かれたら、「あら？　私は暇よ、岩下ひまってくらいで」と言われたそうな！　こ～れぞ大女優の風格!!　流石《さすが》、岩下志麻!!

やっぱりだから私達も、ルックスや才能は別世界としても、それくらいの心意気は持たなきゃあいけませんよ。そしてそれこそが、遠回りなようで実は、永続的な成功の秘訣《ひけつ》なのです。

Column1

体と心の力を抜く、ヨガのポーズ

○シャバアーサナ

床に上向きに寝る。足は腰幅に開き、手の平は上向きに、腕は30度くらいに開く。背骨をまっすぐにして目を閉じ、全身の力を抜くと、手足は自然に外向きに開いていく。

ゆっくりと深い呼吸をしながら5〜10分間くつろぐ。

○パドマアーサナ

蓮華座のポーズ（パドマアーサナ）の初心者用のバリエーション。床にあぐらをかくように座り、目をつむってあごをひき、背筋を伸ばす。意識をへその下（丹田）におき、深呼吸。

イージーゴーイングのほうがうまくいく

まず、世の中には超がんばり屋さんと、全然がんばらないイージーゴーイングな人がいる、と思いませんか？　そして往々にして、イージーゴーイングな人のほうが人生うまくいってたりして。

これはホント、世界の七不思議なんですが、そこにはやはり、「宇宙の真理」があるんですねぇ。なぜなら「奇跡」は「宇宙の創造性と潜在力」で起こるからなんです！

ちっともがんばらないのに人生がうまくいっちゃうなんて、「奇跡」以外のなにものでもないでしょう？

逆に小賢しい損得勘定や計算をして、人生を一秒たりともムダにしないで日々生活し、大きな財なり成果を成し遂《と》げようとがんばる人のほうが、幾多もの困難に遭遇し、それでもがんばるから、「苦労人」と呼ばれたりする。

考えてみればアナタの周りにも、そんな「奇跡の人」と、「苦労人」がいるでしょう。これって、どっちが得だと思いますか？

私も30代さんざん、「私はこんなにがんばっているのにどうして……」と悩みました。しかしその後、多くの師（インドの伝統医学アーユルヴェーダのドクター、気功のマスター、ヒプノセラピスト〈催眠療法士《さいみん》〉などなど）に学び、その原因は実は〝がんばる私〟にあることが分かったんです。

より良くなるため、自己実現＝夢をかなえるためにがんばることは、一見とても前向きで、つまりポジティブなことだと思えます。しかし、私達の多くは〝がんばる〟ということのモチベーションを、「このままでは自分はダメだ」と、今の自分を否定することに置いているので、とってもネガティブなエネルギーに満ちてしまっているんですね。これが、良くないんです。

へらへらしているようで人生うまくいっているお幸せな人に、「ありのままでいてみようよ、ね！」なんて肩を叩《たた》かれても、「ふざけんじゃねぇっ」って、ムカつくばかり。頭の中には、あのねのねの歌、♪ありのままのアリは、（いつまでたっても）アリのままだった……というオチが浮かび、「私はこのままではいたくないのよおー！」と叫びたくなってしまう。

なんせ働く女の理想はエヴェレストのように高いから、痩《や》せて、キレイになって、社会的にも成功して、お金持ちになって、いつもカッコイイ格好をビシッとしていて、エグゼ外人の彼とかできて、結婚してゴーテイに住んで、ハーフのすっごい可愛い赤ちゃんができて、フランス語で生活するの♥

そんでもって子供がいても仕事は第一線で続けて、年取っても若く美しく疲れ知らず、そういう化け物のような女に私はなりたい……。

と思っているかどーかは知らんが、40過ぎてもスゴイぎらぎらしてる方達は少なくないです。

こういう人達は、というか、かつての私も含めてがんばっちゃう女達は、ま、ひとことで言って親の育て方が原因なんですね。つまり、自己評価が極めて低いんです。

親が、教育ママス&パパスだった人達だから、子の将来をおもんぱかるあまり、厳しく教育しすぎちゃったのね。

　そうすると、がんばってもがんばっても、ちっとも（親に）認めてもらえなかったという過去が、私達の自己評価をすごく低くしてしまう。ほめられることに慣れてないから、実際よくやっているのに、自分で自分をほめてあげることができないのです。

　で、その先に何があるかとゆーと、がんばってもがんばっても、「まだまだー！」とさらにがんばろうとする終わりなき戦いがあるだけ。ちっとも自分を認めて、満足してあげることができないので、自分のみならず近しい人まで、叱咤激励《しったげきれい》して嫌われたりして。

　つまり人間関係もうまくいかなくなって、お金とか社会的地位とかブランドもんとか、すべてを手に入れたけど何かがちがう……ハテナ？　みたいな結果を手に入れるハメになるのです。

　これは実は、「エネルギー」の問題なんですね、ニューエイジ的に言うと。自分を否定する、今を否定する、というネガティブなエネルギーはとってもパワフルで、ネガティブな現象を引き寄せてしまうのです。ま、簡単に言って「類友の法則」ですが、それは人間関係だけでなくすべてのことに言えるんです。

「じゃあ、どんな状況でもすべてオッケー、っつって、満足してちっともがんばらなくて、ホントにアリのままだったら?」

そんなの耐え切れないー!! でしょう? だから、「今も楽しいけど、こうなったらもっといいな……」と邪念のない、スウィートな夢を抱くのですよ。

今の自分や状況を認めて、さらに大きな夢を抱くのと、今の自分を否定することからハングリー精神でがんばるのとでは、根本的にちがうのです。

まずは自分で自分をほめてあげる

日本の親は、子供をあまりほめて育てません。

厳しくしつけてこそ〝ちゃんとした子が育つ〟と思うのです。

さらに、40代以降の世代ならば、母親が専業主婦である人がほとんどで、キャリアウーマンだった人のほうが少ないでしょう。だから、キャリアウーマンだった私の母はいつも、

「女が仕事をするってことは、口紅一本でも自分の稼いだお金で買うって意地がなかったら、できるもんじゃない」

と言っていました。それくらい、大変なことなのだと。

自分に厳しく、子供にも厳しい母でしたから、姉と私はまず、ほめられた思い出がないのです。できてあたりまえで、できないと怒られるのが当然でした。

これはなにも、キャリアウーマンの母だけの話ではなく、いろんな状況から専業主

婦にならざるを得なかった母親達にも言えることです。自分の自己実現の夢を子供に果たさせる、というのと、子供を立派に育て上げるのは主婦の務め、という使命感とで、必要以上に厳しくなっていたお母さんは多いと思います。

私の友人など（彼女はエリートキャリアウーマンなのですが）、小学校低学年の頃、お母さんに数百円持たされおつかいに行かされた時、家の近くのじゃり道でポケットに入れたお金を落としてしまい、そのお金を捜して暗くなるまで家に帰れなかったと言います。怒られるのが怖かったんですね。彼女は一人っ子でした。お母さんは専業主婦です。

私の姉も、多少ゆるくなる下の子（私）と比べて厳しくしつけられましたから、怒られるであろうことを隠す癖がありました。したくもないピアノのお稽古《けいこ》をさせられていて、もうどうしようもなくやめたくなった時、母に内証で六カ月もサボっていたのでした。

その六カ月間のお月謝は？　もちろん着服です。姉がそんなことをしているのを知りながら、母にバラすなと言われてだまっていた私も、バレた時こっぴどく怒られました。姉は当然のように、お尻ぺんぺんです。しかも〝生〟で。当時、親による体罰は、しつけの一環として当然のようにあったんですね。

前出の友人も、お母さんの裁縫の物差しでよく叩かれたと言っていました。裁縫をする傍《かたわ》らで本を音読させられ、まちがえると膝《ひざ》をビシッと叩かれる。まるで調教です。

私は幸い小児ゼンソクで体が弱く、体罰が発作を誘発してしまったら大変なので、それを受けることはありませんでしたが、私の姉を含めこの世代の人達に、そういうことは頻繁にあったのです。

それが尾を引いて、親の言うことをよく聞く、イイコちゃんになればなるほど、幸せからは遠くなってしまう人物が出来上がってしまったのです。

がんばってもがんばっても、「もっとこうできるんじゃないか？」「もっとうまくやれば、さらなる成果が残せるんじゃないか」と、もう誰も自分のことを叱《しか》る年でなくとも、いい仕事をしようと自分で自分を叱咤激励して、倒れるまでがんばってしまう。

生活の元手となる体や心を壊すまで、休めないし、壊れたあかつきには、「もっと丈夫な体とズ太い神経が欲しい。そしたらもっと、働けるのに」なんて、そういう化け物のような人を羨《うらや》んだりする。

私もかつてはそうでした。そんな私が、少しは自分に満足してあげることができるようになったのは、忘れもしない39歳の春でした。

それまで、折からの出版不況もあり、私の仕事は暗礁《あんしょう》に乗り上げていました。でも、33歳の時発覚した子宮筋腫《きんしゅ》を自然治癒させようといろいろなことを学ぶにつれ、自分の体と心を休ませつつ、本当に大切なことだけをしていく、ということを知ったのです。

それは、私と同じように悩み苦しむ人にメッセージを伝えていくことでした。そういう本を書き始めた頃、私は、長年欲しくても授からなかった子供を授かったのです。

人が正しい心で正しい人生を歩めば、神様は必ずそれに見合ったプレゼントをくれる。それが、「宇宙の真理」です。

だから、私は娘の名を「宇里《うり》」にしたのです。ホントは「宇理」だったのですが、それじゃ横森との字画の相性が悪いと「宇里」となりました。

そして、そう、宇里がおなかに宿った頃、私は本の中に取り上げた美味しいおソバ屋さんにお礼に行ったのです。そこの仲居のおばちゃんにも喜んでもらえて、私は初めて、自分で自分をほめてあげることができた。

ってゆうか、おなかの子に向かって、「ママの人生も、まんざらじゃないね」って、言うことができたのです。

それから、私の人生は本当に、少しずつだけどどんどん（ってところがスゴイ）、好転していったのです。

ブランド指向を捨てる

自分をなかなかほめてあげることができない理由に、仕事上の、周囲からのプレッシャー、というのがあります。

だいたい、上昇指向が強い人達が仕事の場に集まると、同じような業種の噂《うわさ》話にも花が咲きますよね。それで、成功して名声なり、お金なりを得ている人を羨んだり、やっかんだりする傾向になる。

そうすると、私なんかはまず仕事相手や身内から、「あんたもっとがんばんなさいよ」、と言われるハメになり、その期待に応えられなかったりすると、ガッカリされてしまう。それが、自信喪失とウツの原因にもなり得るのです。

みなさんの職場でも、往々にしてあることではないでしょうか。特に、私達の年代は中間管理職で、下も教育しなきゃなんないのに上からのプレッシャーがあって、さらに、下からの突き上げもある。

意地悪な上司に何か良くないことがあると全部自分のせいにされたり、部下もワケ分かんなくて理解不能だったりすると、もうハッキリ言って落ち込んじゃいますよね。

それどころか、経験も浅い若い部下に、「Aさんのやり方じゃ売り上げは上げられないどころか、先行き不安になります。ハッキリ言って、（時代を）ハズしてるんですよ。私にまかせてもらえたら、もっとずっとうまくやれるはずです」とかなんか言われちゃったら、もうなんか、腰クダケな気分にすらなってしまう。

この日本、売り上げ至上主義で、どんな業種もマーケティング命。つまりより多くの人に価値を合わせないと〝生き残ってもいけない〟ような風潮があるのです。進んでることや、確固たる信念や価値観があることはかえってマイナスで、常にマスな所にある人達のニーズに沿って商品を提供してないと〝負け犬〟になってしまう。

だけど、みんなが同じ頂点を目指す必要は実はないんですよ。小規模でも質のいいものを提供し続ける企業やお店はいっぱいあるわけで、個人の仕事にしても、その人にしかできないことってあるからです。自分は「世の中にこういうことが必要なはず」と信念を持ってやっているのに、なかなか認められない、ということもあるかもしれないけど、時代があなたにいずれ追い付くということもあると思います。

それが私利私欲だけに走ったものでなければ、誰かの、何かの、社会の役に立つものであれば、必ず宇宙のサポートがありますから、細々でも続けていけるはずです。

宇宙のサポートを感じられるコツは、というか見極めは、それをしている時に自分がワクワクドキドキして楽しいか楽しくないか。やる気が出て、スイスイと仕事が進む時は、そこに必ず宇宙のサポートがあるんです。

目には見えないものなので信じない人が多いかとは思いますが、信じさえすれば、それはそこに必ず存在するんです。

たとえば、「この先、本当にやっていけるのか」と不安になった時は、朝日が昇る時や、夕日が沈む時、一人静かに空を見上げて、その美しさを感じてみてください。それと心が一つになった時、空の向こうに広大に広がる宇宙のエネルギーを感じるはずです。

するとアラ不思議、「こんなにサポートされているんだから、大丈夫に決まってるわ」と思えてくるのです。なぜならおよそ、大自然の美というものの中に、不安とか、焦燥感、嫉妬《しっと》、怒りというものはないからです。

それとは逆に、人間が作り出した見栄《みえ》の世界には、そういうものが渦巻《うずま》いています。だから俗だけにまみれて生活していると、人はついついブランド指向になり、それに苛《さいな》まれて、苦しみ続けることになってしまう。

日本は特にそういう人が多いと思います。なぜなら、スーパーリッチでもセレブでもないフツーの人達が、こんなにブランド物を買う国は他にないからです。その理由には、「みんなと同じでなければ不安になる」という島国根性もあるかもしれません。が、それよりも見栄を満たすために、みんなが欲しがるモノをゲットして、羨望《せんぼう》の的になりたいという気持ちのほうが強いと思います。

もっと掘り下げれば、確固たる自分というものがないから、みんなが欲しがるモノが本当に欲しくなり、それを持つことで自分は幸せなのだと思い込む。つまり、そういうモノがないと、自分が幸せかどうかも確認できないんです。

このブランド指向は、何もグッチやプラダ、シャネルやルイ・ヴィトンなどの海外ブランド物に限ったことじゃなく、すべてにおいてあります。肩書き、収入、家柄、卒業校、出身地、既婚女性においては夫の収入、肩書き、ルックス、家柄、持ち物のすべて、住宅の大きさから生活様式に至るまで、数え始めたらきりがありません。

だけど、ズバリ言います。そのすべてのブランド指向を捨てれば、あなたは今日から「ラクに楽しく生きられるようになる！」と。そして日々の、一瞬一瞬の、内なる幸せ感に目覚めれば、もっともっと、どんどんどんどん、幸せになっていくのです。

この、プラスのハッピースパイラルに自分を乗せるには、ブランド物なんかの重〜い物は、捨てなきゃダメなんですよ。実際重いでしょ、革のバッグなんか。布かビニールのエコバッグで充分なんです。

幸せを呼び込む人には共通項がある

みなさん、オーラって聞いたことありますよね？　その人の周りに漂う、雰囲気って言っていいかもしれません。これは実は、他ならぬその人が出している波動＝エネルギーなんです。

サイキックなど、常人の目に見えないものが見える人には、それははっきりと見えるそうです。オーラは体にいちばん近いところから放射状に七層に広がっていて、第一層から第七層までが、体の中心、脳天から股間まで七カ所にあるエネルギーステーション＝チャクラと連動しているといわれています。

チャクラは目に見えない、くるくる回る光の輪で、有名なのはよく東洋医学で丹田《たんでん》と呼ばれるものです。お臍《へそ》の下10センチくらいのところにあるそうです。このくるくる回る光の回転がにぶると、そこに病気が起こるともいわれ、気功などのエネルギー治療は、丹田にエネルギーを注《そそ》ぎ強化していくのが基本です。

そして、この世に起こるすべてのことは、自分の出した波動＝エネルギーと関係して起こるので、オーラをキレイにすることが、ハッピーへの近道なのです。

それには心を入れ替えるのが大切です。なぜならオーラは、きれいな心、あたたかい愛と思いやりに満ちた心でしか、キレイにならないからなんです。なにしろ、目に見えないものなので、美白パックや高級美容液などではキレイにできないわけです。

心をキレイにして、オーラがキレイになると、確実に少しずつ、いいことばかりが起こってきます。私は体験者だから、これが本当のことだと言えるのです。

これは遠回りなようで、いちばん近い幸せへの道です。みなさんの中には「幸せになるにはまずお金だ」と考えている人も多いでしょう。けれどもまず、「豊かな生活を得るためには、自分が豊かな心で豊かな波動＝エネルギー＝オーラを出すこと」が大事なんです。

とにかく、病気にしてもなんにしても、自分の出した波動で、同調するものが引き寄せられて来てしまうので、滅多なことは思ったり、考えたり、口にしてはならないのです。

「口は災いのもと」ってよく言ったもので、しゃべるとそこには音がありますから、音には色があり（これも、目には見えない色ですが）、さらにパワフルに、それに似たものを引き寄せてしまうのです。

だから精神世界系の先生方は、「不平不満、グチ、泣き言、人の悪口は絶対に言っちゃダメ」と言います。また、怒りや嫉妬、憎しみの気持ち、将来の不安を抱いたり、取り越し苦労をしたり、人を裁《さば》くなんてもってのほかだとも言います。

ホントにこの、人をジャッジする、という行為は、オーラをきたなくする行為の中でも、最悪のものらしいんです。だから、自分を裁くのもよくないんです。まずは認めて、ほめてあげること。誰に対してもそうですが、悪いところを取り上げてなじるより、いいところを見つけてほめてあげる。

自分に厳しく他人にも厳しい優秀な人ほどむずかしいことかもしれませんが、これができるようになると、「あなたはだんだん幸せになる、どんどんどんどん幸せになる……」とまるで暗示にかけられたように、人生変わっていくのです。

すごく皮肉な話なんですが、「石橋を叩いて渡る」というタイプの人のほうが、努力をしても苦労をしてしまうのは、この法則のせいなんです。なぜなら、先の心配をするあまり、「こんなことも、あんなことも、最悪こんなケースもあるかもしれない」と心構えをしすぎて、そういう波動を出すことで、実際にそういう現象を引き寄せてしまうからです。心配性の日本人には、多いですよね。

私もかつてそうでした。将来の心配をして、それだけでも不安で、不愉快なのに、なんの心配もしていないお気楽な人を見ると、さらにムカついてくる……。

ムカつく対象は常に彼（現夫）でした。ところが彼はある時、私に言ったのです。

「理香ふんの心配してることはさ、もしかしたら起こらないかもしれないことじゃん。そしたら、何十年も心配して暮らすより、起こった時に、どうすればいいか、考えればいいんじゃないの」

と。確かにそーだ、と私は思いました。

ま、そーだと思えるまでに、多少時間はかかりましたがね。彼の能天気な発言を裏付ける文献（ニューエイジ系の本だったりして）が数多く見つかり、認めざるを得なくなったというわけです。

要は、オリンピック選手のイメージトレーニングと同じなんですね。自分は失敗する、と思ったら失敗するけど、楽しんで、ベストを尽くして、成功することしか考えない。

心配性の人にはホントーにむつかしい心のトレーニングだけど、それができた時、神様は、人生の金メダルを、きっとくれるはずですよ！

自分を甘やかす練習をしよう

人は誰でも平等に年を取る。それと違って、もともと体力がある人と、ない人がいるという点は、神様も不公平だと思います。でも、ものは考えようで、体が弱いからこそあみだせるもの、というのもあるんですよ。

私が体力増進のために習っているピラティスという、体の芯となる筋肉に負荷をかけて行なう運動も、もともとドイツ人のピラティスさんという人が、自らのひ弱な体をなんとかしようと考え出したもの。その後、第一次世界大戦の負傷兵のリハビリに、病院のベッドを改造して寝たきりでも運動できるものを作り出したのが、今のピラティスマシーンの元なのです。

私なんかも、小さい頃ひ弱で、ハタチまで運動らしきことをしたことがなかったのに、弱いからこそなんとか健康に生きていこうと思うので、ヨガやらピラティスやらベリーダンスやら、オーガニックな食生活やらと、いろいろなことにチャレンジしています。それも寄る年波、健康的な生活をがんばりすぎちゃって逆に疲れることもあるので、休み休み。

これも、夫に注意されて、初めてダラケられるようになったのですが、それまでは、是が非でもほぼ毎朝ヨガ、夕方ベリーダンス、週一でピラティスと、がんばっていたのです。そうでなければ、健康も、ベストコンディションも保てないと。

しかし、41にもなると、そうとも言えない部分も出てくるんですね。そんなことより、朝もベッドの中でゴロゴロウダウダしてたり、夕方もだるかったら簡単なストレッチだけにしたりするほうが、疲れなかったりする。

それどころか、時には健康にいいことなんかちっともしないで、休みの日は昼からお酒飲んで、へらへら、ふらふらする。これだって立派な〝健康にいいこと〟なんです。

いわゆる一般的に健康にいいこととされているものも、がんばりすぎると疲れちゃうわけで。40過ぎるとホント、「何事もほどほど」が肝心らしいのです。

故・忌野《いまわの》清志郎《きよしろう》がグロンサンの宣伝で歌った、♪幸せになりたいけど、頑張りたくない～を聴いた時、私は、「ふんっ、これって男（中年）の本音だよね。でも、がんばらなきゃ幸せなんかになれっこないのよ」と思いました。しかし、幸せになるためにがんばりすぎた結果、疲れちまった41の私は、数カ月後、「あ～、これって本音だよね～」と思い直すに至ったのです。

これを読んで、まだまだがんばり続けている読者は、「ふんっ、そうやってダメんなってくのよ、ヨコモリリカっ」と思われるでしょうが、もしそうだとしても、そりゃそれってことで（笑）。私の今の体感としては、疲れていない状態にまさる、幸せはないのですから。

私みたいにすんごく元気で体力があるほうだと思っていた者でも（小さい頃の私はともかく、大人になってからは至って元気）、こんなふうに疲れるのですから、もっと体力のない人はさぞかし大変だろうと思います。

病気知らず疲れ知らずだった我が母も、73歳でいきなり入院してしまいました。本人はおなかがしくしく痛むだけだからとほうっておいたら、なんと血尿が出て来たんだと!!

町の小さい病院で検査してもらったら、

「もっと大きい病院で精密検査をしてもらわないと原因は分からないが、黄疸《おうだん》も出始めてるから今すぐ入院してください」

と言われ、隣のちょっと大きい町の総合病院に検査入院したのです。我が母のパートナー（父亡きあと母は一五年間勤めた学校の同僚と退職後、一緒に住んでいた）によると、「研究会やら講演やらであっちゃこっちゃ動きすぎたから」とのことで、どうも疲れすぎぎらしい。いくら元気でも、73という年齢を考えず、以前と同じような生活をしていたからいけなかったのです。

「僕なんか小さい頃だって、運動会の練習がんばりすぎて、黄疸が出て二カ月入院したの。疲れると人間、肝心要《かなめ》のところに来ちゃうんだね。これは休まなきゃ治んない」

と、母のパートナーは言っていました。

そう、うちの母も何十年とキャリアウーマンやってましたから、何もせず、日がなゴロゴロ、ひねもすのたりのたりのたりかな……てな生活をすることに、何か「人生の落伍者《らくごしゃ》」的なものを感じてしまうんでしょう。

私もそういうところがちょっとあるから、母の気持ちはよ〜っく分かります。退職してもなお、ボランティア活動に精を出し、その功績を認められて地元で表彰までされてしまったんですから。ますますがんばっちゃったんでしょうな。

でももう、そこまでがんばったんだから充分だと、少しは御身《おんみ》をいたわってあげないと。「世の中の役に立たない者になりたくない」という熱い気持ちは分かるけど、ちっとは休んでくれと、私は雑誌とお菓子と化粧品を送りました。菓子食って、雑誌見ながら足のカカトの角質でも取ったりなんかして、少しは家でだらだらしてもらうためです。

こういう甘やかしはホント、年取った女には必要なのですよ。

ミドルエイジの分かれ道――子供を産む？　産まない？

私は39歳で子供を産みましたが、小さい子供を育てていて、しみじみ、かつて私が若かりし頃、先輩諸氏が口を揃《そろ》えて、「産むなら一年でも早いほうがいい！」と言ったのを思い出します。

そう、かつてゲンキ印だった私ですら、四十路過ぎてからの体力の衰えは目に余るものがあるからです。

今、都市部では高齢出産がひじょうに増えていて、自然なお産で定評のある総合病院など、40代の妊婦さんなんかめずらしくもないそう。

確かに、私の友人（この本の編集者）は42歳で産んだし、知人にしてイラストレーターの石川三千花《いしかわみちか》さんなど45歳で双子を産みました。だから子供を作ったり産んだりするのは、案外年増でもできるもんなんですね。

つっちゃー年増に失礼だけどさ、実際、「できただけエライよ、アンタ！」と、自分も含めて言ってやりたいね。

だってやっぱり、体が年取ると、卵もトーゼン年取ってるわけで、できづらくなってるところへよくもまぁ！　みたいな。「若いねー、私のタマゴ！」と、本当にほめてあげたい。


しかし、やはり大変なのは子育てで、とにかく子供の相手とゆーのは気力&体力がいるので、年取った人にはキツイものがあるんですね。可愛いのは当然めちゃ可愛いんだけど、もうこの年になると、「孫来てよし、帰ってよし」の世界。だから本当に、孫の面倒を毎日見ているおじいちゃんおばあちゃんなんて、感服しちゃうね。

私も年の割には元気なほうだし、体と心のコンディションを良く保つべく気をつけているからまだいいけど、風邪ひいたりして体調の悪い時はホントー、死ぬかと思うぞえ。子供は容赦ないからねー。ベッドで倒れてても、「遊んでー！」って髪の毛引っ張られちゃうんだから。

40代で子供を産む選択をする人は、絶対に育児と家事をまかせられる夫（専業主夫か、家事&育児の得意な外国人夫か、かなり若い夫）を持つか、プロのベビーシッターを雇うか、まだ体力・気力のある子供好きで専業主婦の母親を持っているか、が必要条件となるでしょうね。

そうでなかったら産まない選択をするのも「ラクに楽しく生きるコツ」かもしれない。実際そうしてる人、私の周りにはいっぱいいるしねー。

知り合いのある夫婦は、別にできないわけでもないのに、作らず夫婦二人の生活を楽しんでいます。

そのダンナさんいわく、

「いや～、我が家は妻が僕の子供みたいなモンだから、子供二人はいらないんですよ」

で、つまり妻のエスコートに手がかかりすぎて、子供の面倒を見るのは無理だと考えたわけです。

二人とも航空会社勤務のダブルインカムノーキッズ、ああなつかしい響きのDINKSなので、ホント話聞くだに呆《あき》れるくらい、夫婦で遊び回ってる。

今夜はジャズバー、ホテルのバーで夜景を見ながらカクテル、週末は有名寿司店、ちょっと長い休日はパリに飛んでお買い物……みたいな。

40代夫婦であんなに遊び回れたら、それこそ大人のカップルとして理想的な時間を楽しめるだろうし、『東京カレンダー』的な、それはそれで素晴らしい人生でしょう。

一方、独身主義を貫く我が親友は、「だって私みたいな劣性の遺伝子、残したくないんだもん」と豪語しています。

「子供も好きじゃないしさ。友達の子は親に似てるから可愛いと思うけど、一般的に子供を可愛いなんて思ったことないし」と。ま、本人がそう言ってんだからそうなんだろうけど、私なんかからしてみれば、彼女に（性格も顔も）そっくりの子供がいたら、めっちゃ可愛いと思うけどなぁ。愛情ってそーゆーもんでしょ。

30代の頃は、とにかく人生において重要な決断とか、就職や結婚なんかのある種責任をおわなきゃならないことからすべて逃げまくってた彼女に対して、「なんてフーテンぶりだ！」と、友達として怒りすら込み上げてきましたが、今となっちゃあ、それでこそ彼女らしいと、逆に敬意を抱くようになりました。

つまり、自分はこういう人間だから、こういう生活が心地いいんだと、自分で選択、決断しているのだから、それに対してふがいなさを感じる私のほうが、おかどちがいだったんです。「あ、お呼びでない、ああ、お呼びでない」みたいな……。

実際彼女は、41にして実にフットワーク軽く、あっち行っちゃホイホイ、こっち来ちゃホイホイ、実に楽しく生活しているわけですよ。重い付き合いは嫌いで、常にライト感覚。だから、私もいつ会っても彼女とは楽しく過ごせるんです。

41にもなって、年取った者の重さがまったくない人なんて、貴重だと思いませんか？　そのおかげで、彼女には若い友達も次々にできるんです。だから、現役でクラブにも遊びに行けるし、出産した友達（私とか）が、育児に追われてあんまり連《つる》めなくなっても、別に淋《さび》しくもなく、楽しくやってるんです。

要は、どんな状況であれ、本人が楽しめればそれでいいんですよね。子供も産まなければならない、結婚もするべきだ、定職にもつかなければ人として立派でない、なんて考え方のほうが間違ってるわけで。

私の場合は、35くらいになって、もう夜遊びも飽きたなーってなところに、ハラの底から「子供でもいたらもっと楽しいかも～」って気持ちが湧いてきたからそれに従ったただけで（一緒に子作りしてくれる人がいて良かったよホント）。

40過ぎての子育ては実際大変だけど、子供がいるから楽しいってこともいっぱいあるし、私なんかは親友と違ってもうフットワークも軽くないから、もし子供がいなかったら仕事以外にやることもきっとなくなっちゃってただろうしねー。

良かったと思ってるよ、うん。とりあえず退屈してるヒマないもん。

Part 2

40にして原点に帰る

今日が最後の日だと思って生きる

アンジェリーナ・ジョリー主演の『ブロンド・ライフ』という映画で、彼女が最後に言う台詞が、「今日が最後の日だと思って生きよう」です。

地方局のニュースキャスターだった彼女は〝ブロンド美人〟が売りで上昇指向のかたまりだったのですが、予言者から一週間後に死ぬと言われてヤケになり、初めて本来の自分を取り戻します。

〝ブロンド美人〟になる前の、冴《さ》えない、お勉強だけできてモテなかった高校時代までの自分に返るのです。そんな〝素〟に戻った彼女をまんま愛してくれる彼（格下男。上昇指向まるでナシ）との愛に目覚めたところで、ニューヨークにある全米ネットワークテレビ局のニュースキャスターに大抜擢《ばつてき》、さあどうする？

とゆーところで結末はＤＶＤで楽しんでいただきたいのですが、彼女のこの台詞は、ホント人生を楽しく生きる、幸せになる秘訣なんですね。今日が最後の日だと思って生きれば、老後の心配や、不動産購入のことなんかどうでもよくなるし、まずやらなければならないこと＝大切なことが何か見えてくるはず。

自分の定めた目標に向かって走り続けている時は見えない〝幸せの種〟みたいなものが、実は自分の周りにいっぱい落ちていることに気づくのです。

73で初めて体を壊した我が母が、入院先の病院から手紙を送ってきました。

「五里霧中のこれまでの人生、初めての長くゆったりした休日の中にいます。山に来てのんびりしようと思ったら、世の中の必要とするところになってまた大忙し。少し痛い目にあわなければブレーキがきかなかったのでしょう。求められると嬉しくなる性格を捨てます」

母は退職してから、連れ合いと山に隠居したはずだったのですが、読み聞かせ講座やら、講演やら、ボランティアに花を咲かせてしまったのです。

母をよく知る娘の私から見ると、仕方のないことだと思います。死ぬまで世の中の求めるところにある人物でいたい、というのが母なのですから。母はずっとキャリアウーマンで、働くのが大好きな人でした。私も仕事は好きですから、そんな母のことがよく分かるのです。たぶんこの本を読んでくれている読者も、よく分かる人が多いのではないでしょうか。

母はずっと、私には結婚も出産もすすめていませんでした。そんなことより、「思う存分自分の人生を生き抜いたほうがいい」と言っていたのです。つまりそれは仕事であり、独身貴族の優雅な生活なわけですが。

でも私には、30代も半ばになった頃、なぜ母の言う「自分の人生」の中に、「家族」も入ってこないのだろうかという疑問が湧き上がってきたのです。日々メシを作ったり、家族のカーチャンコールに応えなければならないのは確かに大変ですが、それがなかったら、私の人生は、きっと味気ないものだったに違いありません。

母にしたってそうです。遠くから心配したり駆けつけてくれる子供がいることは、すごく、心強いことでしょう。みなさん家族に対する気持ちは複雑で、特に仕事をしていると、時にはその存在が邪魔に感じられることもあるかもしれません。

でも、「今日が最後の日」だと思って生きれば、そんな気持ちはどこかにふっとびます。もちろん仕事も大切だけれど、家族との時間がどんなに大切か、見えてくるでしょう。

家族にうんざりするのは、これから何十年も、気が遠くなるような長い時間を、一緒に過ごさなければならないと思うからなのです。「今日が最後の日」だと思えば、その存在は途端に愛しく、輝き始めるでしょう。

実際、健康でまだ若い部類で生きている私達ですら、いつどうなるか分かったもんじゃないんです。明日ポックリ、なんらかの事故でイッてしまうかもしれないんだし。だから毎日を、仕事だけでなく家族との時間も大切にし、一緒に美味しいものを食べて、楽しく笑って過ごすことが大切なのです。

長い間の夫婦ゲンカで、恨みつらみが積み重なった夫婦だって、「今日が最後の日」だと思えば、その愛しさにすべての恨みも消えるでしょう。

『ラブ・アクチュアリー』（ヒュー・グラント演じる独身イケメン英国首相からプータローまで、さまざまな環境にいる男女19人が織りなす群像ラブ・ストーリー）という映画の発想は、そんなところから来ているそうです。あの同時多発テロの起こった機内から、最後に家族に残した被害者達のメッセージは、おしなべて「愛している」だったと。

〝それ〟を知る前と、後とでは、人生は大きく違うのです。私もかつては、人を「愛する」というのは「恋に落ちる」ことで、目の前の人に対して日々実践すること（アクチュアル）ではないと思っていました。だから、ファンタジーを追い求めて、空《むな》しい日々を送っていたのです。

成功を追い求めていた時もそうです。でも今、人生の成功とはなんだろうかと考えます。誰にとっても、それは一つなのではないでしょうか。今、目の前にある幸せを、その目で見て、感じて、一〇〇%味わうこと。それができれば、あなたはすでに成功しているのです。

原点に帰ることの大切さ

人は長いこと同じ仕事なり生活をしていると、そのモチベーション（動機）となっているものを忘れてしまうものです。

もちろん、決して忘れない頭のいい、逆を言ったらガンコな人もいます。でも、たいていは日々雑多なことにまみれて、忘れてしまうんです。「はて、なんだったかな……」と。だから四十路を過ぎた今、自分という人間がここにこうしている（存在している）きっかけはなんだったかと、思いを馳《は》せる必要があるのです。

私の場合、そう、きっかけはニューヨークでした。私の昔からの読者ならばもうイヤってくらい本や雑誌のインタビューで読んだり聞いたりしていると思いますが、ニューヨークは、私が書くことをライフワークにしていこうと決意したところです。

私は小説も書きますが、「作家になろう！」という夢を抱いたことはなかったんです。ただ私は書くことが好きで、当時、失恋してぺちゃんこになっていました。

そしてそれはたんなる失恋ではなく、当時付き合っていた日本のコンサバな彼を通じて、自分にはあんまりにもな日本社会というものを思い知らされてしまったんです。こんなにも男尊女卑だとは知らなかったし（我が家はちと風変わりだったので）、私には彼から自立してなんとか生きていかねばという「自立願望」もありました。

そのうえ、彼の浮気に対して私が当てつけ浮気をしてうっかり本気になってしまったため、彼にけちょんけちょんに罵られたことから、自分に自信をまったく持てなくなっていたのです。おまけに、後を追っかけて行ったニューヨーク在住の彼（浮気相手）にもフラれるし、♪どしたらよかんべ～と、一人借りたマンハッタンの安アパートにて、毎日泣き暮らしておりました。

私が立ち直ったのは、現夫とオカマ友達が美大を卒業して遊びに来て、一緒にゲイディスコで踊り始めてからでした。「体を動かすと、心も動いてくる」という件についてはまたＰａｒｔ５で詳しく書きますが、私がニューヨークのマッチョなオカマ達とむんむん踊りながらひらめいたのは、「そうだ!! 私みたいに落ち込んでる人に、体験者として書くことで何か伝えられるんじゃないか」ということでした。

以来、ずーっと、その方向性で書いたり、しゃべったりしているわけです。

ところが人間、キャリアを積んで、ある程度名前や顔が売れてくると、周囲のプレッシャーから、どうしても〝商売〟というものが絡んできちゃうんですね。つまり、がっつり売れる小説を書いたり、なんらかの賞を狙ったりするよう、編集者から差し向けられるわけです。どんな仕事にも、こういうことってあるでしょう。

私も30代、うっかりそこにハマッた時期があるんです。ハッキリ言って、まったくうまくいきませんでしたね。読者にすら、「あの頃の横森さんの作品は、正直言ってあんまり好きじゃありません」とお手紙をいただくくらいです。すまなんだ、ああすまなんだ……。そう、ついうっかり欲にかられて、違う方向に走ってしまってたんです！

その後、元の道に戻ってからは、私の人生は順調に進んでいます。ここにはまた、例の「宇宙の真理」があるんですね。

人が正しい道に進んでいる時、本人もそれに生きがいとやりがいを持ってウキウキワクワク生きられるし、そこには「宇宙のサポート」があるので、驚くほどすんなりと、万事うまくいってしまうのです。だからマジで、原点に帰るのって大切なんですね。だって、苦労しないですむんですから。

『チアーズ！2』というアメリカンムービーにも描かれています。全米七年連続優勝チアチームのある大学に入った主人公は、そのリーダーになることで手にできる金と権力と名誉にうっかり自分の魂を売ってしまいそうになるんですが、ぎりぎり改心し、原点に戻るのです。

原点とは、彼女がチアガールになったモチベーションです。「誰かを応援して、元気づけて、勝利に導きたい!!」という〝気持ち〟。その気持ちこそが、彼女がいいチアガールであるという、原点なんですね。

それでその有名チアチームから脱退した彼女は、一人で冴えない、地味ぃなスポーツチーム（女子ソフトボールとか）の応援を始めるんです。そして自分の中に、再び湧き上がってくる〝応援する喜び〟を知る。そして……。結末はＤＶＤでぜひ楽しんで欲しいのですが、結論をここで言いますと、「真心と愛を大切にする人に、神様はご褒美をくれるものなんですよ！」ということです。

逆に、真心なくして金、権力、名声などだけに走ると、ことごとくはばまれるか、うまくいってもガツンとやられる日が来るんです。四十路過ぎてのガツンは、結構体力的にキツイですよね。なのでホントに、今日から、自分の原点を再発見して、それに忠実に生きましょう！　残り半分の人生が、みるみる輝き出しますよ！

若い頃の友と会い「素」の自分に戻ろう！

もちろん仕事を通じて知り合った素敵な人、オイシイ人、というのもたくさんいるでしょうけど、本当に、心から気兼ねなく付き合えるのは、実は「何者かになる前の自分」だった頃の友達ではないでしょうか。

「幼なじみは蜜《みつ》の味」とはよく言ったもので、がんばっている時は、そのあまりにも成長しない関係に、業《ごう》を煮やしたりもしますが。四十路を過ぎ肩の力が抜けてくると、こんなにいいものはありません。私の場合、20代～30歳頃まで、クラブに踊りに行ってた頃の友達は、今でも会うとホッとでき、たんなるクラブキッズだったあの頃の自分に戻れて楽しいのです。

人間年を取ると、肩書きや役割にがんじがらめになって、ついつい重～くなってしまいがち。でも、若い頃の友達と会い、バカっ話に花を咲かせると、若かりし頃のアホで、軽薄で、お調子者で、楽しかった自分を思い出せる。これってすごく、重要なことなんです！

なにしろそのメンバーが集まると、まるであの頃のノリにタイムワープしてしまうから、ホント〜に、くだらないんです。まあ他のチームの人が聞いても、「何話してるかワケ分かんな〜い」って感じではないでしょうか。

大笑いして、ビールと何かおつまみ系のものがあれば、もうそれで大盛り上がり。ストレスフリーなこの快感を、私は子供ができてから痛感するようになりました。

もともと肩書きや責任みたいなものが苦手な人間ゆえ、二十四時間営業の〝母〟という役割と責任は、マジ重いんですね。夫にまで、

「理香ふんは変わった。宇里《ウリ》（娘の名）が生まれてから、笑わなくなった……」

と言われてしまったくらい。

産後一年でそれを言われて、ギョギョ〜っとしたものの、まだ幼い子に対する責任を必要以上に感じちゃって、気が抜けませんでした。そしてとうとう、まえがきに書いたガン疑惑に陥《おちい》り（それは東洋医学では「咽中炙臠《いんちゅうしゃらん》」という、ストレスから喉の奥にぷるぷるができる病気だったのですが）、意識して気を抜かなきゃ、「だみだコリャ!!」

という結論に達したのです。

そう、時には、母であることも忘れて、ベビーシッターやばあちゃんやベビールームに子供をあずけて、手放しで楽しむ時間を持つべきなんですね。それがたった二時間のことでも、その精神的効果に驚くはずです。もちろん、仕事仲間と飲むのも時には一興ですが、ごくたまに、やはり若い頃の友と集《つど》いたいものです。

肩書きや、立場や、役割のなかった頃の友達との時間は、やはり特別なものがあると思います。なぜならそこには、なんの損得勘定もないからです。「友情」という、「自分が相手を、相手が自分を気に入っている」という、ただそれだけでつながっているのですから。

バカバカしくも、心あったまるものがあり、何はなくとも（たとえばリストラされたり離婚しても）、「友がいて、うまい酒があれば、あとはなーんもいらんわな」なんて演歌調のことを、しみじみ言いたくなったりします。

これには、素晴らしい健康効果もあるんですね。世界的に有名な自然療法の権威、アメリカのアンドルー・ワイル博士の本『癒す心、治る力——自発的治癒とはなにか』（角川文庫ソフィア）に、アメリカにおける、あるイタリア移民の村がなぜ長寿村であるか、という話が書いてありました。

昔ながらのコミュニティがしっかりしていて、村全体が一つの家族のようになっているらしいんです。とにかくみんながいつも集まって飲んだり食ったりおしゃべりしてて、誰かが何か困っていると、みんな自分のことのように考え、解決する。それが孤独感をなくし、人をストレスから救っているんですって。

もちろん、イタリア人の食事、野菜いっぱいのパスタとニンニクとエキストラ・ヴァージン・オリーブオイルを使った食事も、一役買っていることは確かだと思いますが。

「友と、美味しい食事と、ワイン、それにいい音楽があればあとは何もいらないさ」と、イタリア人は言ったとさ。ううんまさに、人生を謳歌《おうか》する天才ですネ!!

日本の食卓には歌や踊り、音楽というものがあまり介在しないので淋しいのですが、我が家では食後にソファでゴロゴロしながら、お気に入りのCDを聞いたりします（もちろんゲンキな娘は踊ってますが）。イタリア人だけでなく、ラテン系の人達、そうトルコ人なんかも、レストランでオッサンがナプキンふり回して踊りだしたりします。美味しいものを食べて、お酒飲んで、「嬉しー、楽しー!!」となっちゃうと、踊っちゃうんですね。これは自然のなりゆきですわ。

でもま、そんな文化のない私達は、地味ぃに食べて、飲んで、おしゃべりに花を咲かせるだけで充分ではないでしょうか。話したいことがあった時、友と会えなければ長電話だっていい。だけど、やっぱり久しぶりに顔を見て、その笑顔を見てみたい。食事だけじゃなく、たまには休みの日、リビングでだらだら〝ただ一緒にいて楽しい〟時間を過ごすのも、オツなものですよ!!

Column2

人生に疲れた時に読むオススメ本 ——2014年版

○『心とからだにきく和みの手当』

ガンダーリ松本　(地湧社)

ぼろぼろに疲れ切っているのに、その疲れにも気づかないで、ただ不幸感漲っていた時、ふと手に取ったら“目から鱗”！　心から安心するには、心や体の状態に気づき、ただ手当してゆるめればいいという「和みのヨーガ」創設者・著のバイブル。

○『怒らない禅の作法』

枡野俊明　(河出書房新社)

お年頃女子のいちばんの大敵は“怒り”。近しい人や、いろいろなことに対して怒れば怒るほど疲れ、自分も傷ついていく。その怒りを手放すには？　曹洞宗徳雄山建功寺住職であり、世界的庭園デザイナーである著者の、日本庭園を眺めているような境地に至れる一冊。

○『へこたれない心』

園田天光光　(学研)

40代は、これでもか、これでもかというぐらい、いろんなことが襲ってきます。体調不良や夫婦仲の悪化で、へこたれっぱなしの10年間。この先、ワタシ、大丈夫なのかしらと不安になった時、93歳（当時）の元祖・働く主婦が教えてくれる、天下の大丈夫術。

子供の頃の自分を思い出してみる

年を取ってしみじみ感じるのは、「人って年取ると〝まんま〟じゃん」ってこと。

若い頃は、いろいろと着飾るのと同じように、ま、見栄のためにちょっとしたウソをついたり、大風呂敷を広げてみたり、カッコつけて、「こうありたい自分」みたいなものを（意識しないまでも）演じたりしてるけど、年取ると疲れちゃってそれどころじゃなくなっちゃうし、もっと意識的な人だと、そんなこたーどーでもよくなっちゃうんですね。

「そんなことより日々のメシ……」みたいな。

で、結構観察してると面白くて、男の人でもオヤジになると、若い頃コムデギャルソンとか着てギョーカイぶってた編集者でも、「ゲー、そんな靴どこで買ってきたの!?」みたいな格好をし始めたりする。

でも、よくよく考えてみるとその人のキャラとか、生い立ちとかから、実はそっちのほうが自然だってことが分かってくるんですね。「あ、でもあの人って魚河岸《うおがし》の息子だから」って言われれば、「なーる」って感じなのよ。

でもほら若い頃ってさ、虚勢張って、周囲の人に馬鹿にされないように生きてるでしょう。だから、「朱に交われば赤くなる」で、なんとなくそれらしい格好をしたりしているんですね。だから久しぶりに、年を取った状態で会うと、「えー⁉　こんな人だったっけ」と、驚いちゃうけど嬉しくもなったりして。

私なんかもそうだけど、やっぱり若い頃、ギョーカイっぽいのに憧れて出版業界に入った頃は（っつーかそれから何年も）、コムデギャルソンとか着てたもんなぁ。当時それは、「ギョーカイ制服」とも呼ばれていたんですよ。

ところが！　あれから二〇年近くの月日がたち、立派なオバハンになった私が、「きゃっ、カワイー♥」とウィンドーを覗《のぞ》いて心ときめかせるのは、なんと伊太利屋《いたりや》の豹《ひょう》柄ニットだったりするんです！　知ってる？　私が若い頃にはそのブランドは、成金のオバンと水商売の女しか着ない服だと思っていたのに！

でも、まー50になったらいっか、とも思うけど、41で伊太利屋デビューはマズイかなぁと思って、秋のラ・ルックを買いに可愛らしく「アニエスｂ」に行った私。「うわ、超～カワイ～♥」と思って買った服は、「え、何それ、伊太利屋で買ったの？」と聞かれてしまうような、豹柄のニットだったのです！

豹柄が流行《はや》りのとき、若い娘が着たらそれは「アニエスｂ」のモードな服に見えるんだろうけど、私が着ると、「伊太利屋にしか見えない……」代物《しろもの》になってしまうのです。そう、肉体がすでにゴージャスだから。それに年取ると、洋服の趣味もその人の〝お家柄〟みたいなものが出てきちゃう。

ここで、「え、じゃあ横森さんの家って水商売なの？」って思った賢明な読者のみなさま。いえ、違うんです。我が家は両親教員のお堅い家。でも、その服装の趣味はちょっとどーかな、ってなものだったのです。

私がその血筋みたいなものを感じたのは、山梨の叔母のお葬式に行った時のことでした。ド派手な着物（ラメ入りピンクの道行《みちゆき》）に身を包む叔母の遺影を横に、誰か（誰だったか忘れた）が弔辞を述べました。

「踊りと料理の好きだった故人は……」

「げ、おんなじじゃん」

その言葉に思わずうなずいてしまった私。

その頃はまだ子供がいなくて、私は心底ベリーダンスと料理（地味めし）にハマッていたのでした。それがなんでだか本当に好きで楽しくて、たぶん子育てが終わって暇になったら、また私もそこに戻るのでしょう。ダンスの衣装も、めちゃくちゃ派手なヤツを買いまくっていました（着る機会もないっつのに）。叔母はもちろん日本舞踊ですが、その心と趣味は、同じなんですね。

思えば、叔母の料理は天ぷらの衣が揚がり切ってないくらい、スピーディーなものでした。私の料理もそうです。目にも留まらぬ速さで作るので「どっから出てきた魔法のデザート」とか、我が家の客人には言われたりします。

人はそういう、DNAに刻み込まれたものが、年取るとまんま出てきちゃうんですね。それを素直に受け入れ、隠さないことが、40から楽に、楽しく過ごす秘訣かもしれません。

もう一つのルーツは、自分が小さい時どんな子供だったか、です。大人になってからの自分は、自分で作り上げてきた自分で、それも自分の一つの顔ではあるわけだけど、「三つ子の魂百まで」とはよく言ったもので、小さい頃の自分が、本当の自分、根っ子にあるその人の個性だったりするんですよ。だから、それに忠実に生活したりすると、結構疲れなくて、いいですよ。

たとえば私なんか、無口で一人遊びをしてる子供だったんですが、今では、「うっそ〜!! 信じられない」と言われるほど逆の性格。でも、それって人(家族も含めて)と会ってる時だけなんですよ。

実は一人で、コソコソ隠れて何かやってるのが好きなの。だから、物書きなんて商売を楽しくやってられるんですね。逆に、この時間がなかったら、疲れて死んでしまうかも!?

ワーカホリックは時代遅れ

現代社会、特に都会に生きている人達は、忙しく、とかくロボットみたいになりがち。でも、同じ大都市でも、海外のシティには、「人間らしく生きるためのルール」みたいなものが、ちゃんとあるんですね。

世界一お忙しいと思われるニューヨークでさえ、週末や五時以降に働くことは、家族がある人には考えられないって世界。そこを大切にしない人に、いい仕事ができるとはみな思わないんです。なぜなら、ＨＡＰＰＹでない人にＨＡＰＰＹなモノは伝えられないから。

なんの仕事にしても、人が作り出す、人のためのもの。その元となる人自身が私生活で充実していなかったら、「元も子もない」というわけなのです。

今でも思い出されるのは、若かりし頃ニューヨークに住んで、あの、金曜日の夕方、週末に向かって少しずつゆるんでいく街のテンションを感じたこと。夕日の中、恋人と手に手を取り合って家路につく人達、買い物をして、家族の元に嬉しそうに帰る人達、みなそれぞれ、がんばった一週間の充実感と、週末への期待で胸がふくらんでいます。

それだけに平日、月～金の仕事は本当にテンションが高いのですが、夜はみなちゃんと家族の元に帰る。子供もいるのに、夫だけ残業でいつも午前様、なんてことはないのです。そんなことしたら、まずアメリカ人女性の場合は、三下り半でしょうね。「でも仕事が片付かないんだから仕方ない」とみなさんおっしゃいますが、夜遅くまで仕事しても、朝寝坊して会長出勤したら同じなんではないでしょうか。

特に出版業界や音楽業界、メディア関係は夜が遅いんで有名です。土日祝日も仕事のことが多く、我が家では、カメラマンである夫のスケジュールを押さえるのに、家族の行事もマネージャーと相談しなければならないくらいです。

仕事相手がたいてい午後から始めて夜中まで仕事がフツーなので、打ち合わせも夕方から、ということが多く、ロケで早朝から出掛け、夜遅く帰ってくる、なんてこともザラでした。

　しかし、産後一年半、あまりにもひどい勤務態勢に、離婚問題にまで発展し、今では、基本的には夕食の時間（七時半頃）までには帰宅、日、祝日は休み、ということにしてもらっています（しかしその基本は破られることがひじょうに多い）。

　私がこの、家族をほったらかして仕事ばっかりやってる夫に文句タレてた頃、夫がよく言ってたのは、「俺のせいじゃない」ってことでした。「みんなが夜遅くまで起きてて、朝寝てるからいけないんだよ」と。

　なんでも、同じくそういう勤務状態で疲れ切ったスタイリストさんが、何年かお休みも兼ねてニューヨークに行ってたんだそうです。彼女いわく、

「向こうじゃ会社関係がみんな夜なんて開いてないから、アポも午前中しか取れないの。午後になってからじゃ次の日になっちゃうし、みんな夕方にはきっちり仕事終えて家に帰るから、午後に仕事詰め込んだりしないのよ」

　で、

「その代わり朝が超早いんだよ」

と夫。

考えてみればニューヨークのコーヒーショップはどこも朝早くからやっているし、オーストラリアのシドニーでも、朝食を用意してるカフェがたくさんあります。日本でも外資系の会社は朝が早く、終わる時間もキッチリしていると聞きます。

私はこの差を、日本人の貧乏根性が作り出しているものだと思いました。そう、「働かざるもの、食うべからず」みたいな貧しい時代の意識が、まだ残っているのでしょう。仕事主体で、「いや、家族のほうが大切なんで……」なんて夜遅い仕事を断わる人なんか、「一生休んでろ！」と言われてしまうような世知辛《せちがら》さが、日本社会には漂っているのです。

「家族も大切、仕事も大切」と大声で言えて、合理的にみんなで早寝早起き、疲れていない午前中に集中していい仕事をして、打ち合わせなどは午後の早い時間に。夕方はきっちり家に帰って夜は家族との時間、ということが、近い将来日本でもみんなができるようになればいいな、と思います。

そして週末は、大切な友や家族との時間。それこそが、人間的な暮らしなのではないでしょうか。仕事人間になって、「私生活のない女（や男？）」になるのが、カッコ良かったのは八〇年代くらいまでだったのに、いまだに多くの人がそれをやり、体や心を壊しているのが、私にはよう理解できまへんわ、ホント。

仕事だけで自分を満たしていたら、仕事がなくなった時、カラッポの自分になってしまう（そう、退職してボケちゃうスーパーサラリーマンみたいに）——そんな不幸を体験しないためにも、今からでも遅くないから、仕事を調整し、家族との時間を大切にして、人間らしく生きてみようよ！

日々空観察のススメ

まぁ会社勤めの人にはむずかしいのかもしれないけど、「仕事のペースを落として、ゆったり暮らすことで得られるパワー」というのはマジあるわけです。

たとえば、夜残業してする仕事を早朝にしたっていいのではないでしょうか。以前、丸の内のカフェ「ディーン&デルーカ」で、朝のラッシュを避けて早朝「ディーン&デルーカ」入りし、仕事をしながらコーヒーを飲んでいる賢いサラリーマン&キャリアウーマン達を見たことがあります。我が家はその日、夫が夕方からの打ち合わせしかなかったので、ドライブがてら丸の内まで朝食をしに行っていたのです。

特に年を取ると感じるのですが、自然に即した生活をしないと人間本当に疲れるので、同じ内容でも日の当たっているうちにやったほうが、疲れないし集中していい仕事ができるのです。

ま、40過ぎると特に、眼精疲労など訴える人が多いじゃないですか。その目の疲れも、パソコンの画面を見すぎているからだけでなく、本来使うべき時間に目を使ってないから、起こるのです。もともと目は、日が暮れたら見えないわけで、電気なんてものも、たかだかここ一〇〇年くらいで普及したものだし。ロウソクやランプでできるのは、食事とかデート、家族だんらんや音楽鑑賞くらいでしょ。

そういう自然に逆らって生活してるから、現代人というのは疲れてビョーキになり、不幸にもなるのだと、インドの伝統医学アーユルヴェーダのドクターも言ってたよ。

そういえば私の友人のオッサン編集者は、会社では変わり者で通ってるけど、自分の健康と家族の幸せのため、夜はさっさと帰って早朝出社して仕事してる。そこは文芸出版部だから、朝九時とかに電話しても、出るのは編集長であるその人だけなの。

私は早起き仲間としてそれを知ってるから電話するんだけど、その人朝八時半とかにはもう仕事してるんだよね。午前中はほとんど誰も来ないし、電話もかかってこないから、仕事がメチャはかどるんだそーな。

彼の場合はお酒を飲まないから、その手の付き合い（夜の付き合い）には興味がないかっていうこともある。私はお酒を飲むけど、晩酌程度で、わざわざお酒を飲みに行ったり、大酔っ払いするほど飲んだりってことはもうない。日本ではまだお酒の付き合いなんてのが大切なビジネスシーンだったりするけど、それで体壊したり、家庭壊したりしてもしょうがないしねー。

私もたぶん、会社勤めをしていたら、10歳年上の友人、オッサン編集者と同じく、変わり者で通っていて、朝早く出社して仕事していたと思う。だってね、年取ると、日中仕事したってしすぎると疲れちゃうんだから。

私が自分の仕事部屋を借りた年の春、もう誰にも邪魔されないで仕事ができると、喜びいさんでやりすぎちゃったのね。それで、まえがきに書いたとおり、死にたいくらい疲れちゃった。夫婦仲も悪くなり、こんなんなら仕事半分に減らしたほうがマシと思い、病気（咽中炙鸞《いんちゆうしやらん》）を理由に、いくつか仕事を断わったんです。

そして意識して休むようにしたら、みるみる蘇ってきた。いただいた仕事を断わるのは誰にとっても大変勇気のいることだと思いますが、お金もパワーなので、疲れないよう、日々の幸せを感じられるよう、自己管理をちゃんとすれば、またパワーがみなぎって、それに見合ったパワー＝お金も得られるんです。

ギチギチに詰め込んで質より量の仕事をしても、行く末は見えてるんです。パワーは、何を隠そう自分自身の波動から出てくるものですからネ。自分の体や心を壊すほどがんばっても、「そのぶんお金が儲かる」という考えは長い目で見ると間違っているし、実は逆効果なんです。「私がこんなにがんばっているのに」という恨みがましいオーラが、似たようなモノを呼び込んでしまいますからね。

そこで、日々空観察のススメ、です。都会のビルの中で生活していても、ビルとビルの間、人工物の向こうに、どこまでも続く空が広がっている。その大自然に目を向けると、その美しさに気づくでしょう。

空も、雲も、夕焼けも、朝日も、朝日の当たった木々も、月も、お星様も、そこだけは、人間の手が加えられない、自然のものであると意識すれば、私達もまた、自然の産物であることが思い出されます。

人間の健康と幸福を考え、教える多くの師達が、口を揃えて言うのは、「大自然を意識して、それに即した生活をし、自分自身もまたその一部であることを意識する」

ということなのですが、都会に暮らす私達には、目の前に立ち並ぶ人工物（ビルディングや看板）に心奪われて、その先にある大切なものが見えづらくなっているのです。

それはまさに、私達が日々、いろんな雑念にとらわれて、また、目の前の情報やグッズ（ブランド物とか）に目を奪われ、物事の真理が見えなくなっているのと同じ。日々空観察すると、その素晴らしさに感激し、その日、その時、その場所に生きてなかったら見られなかった風景に、生きている喜びを感じさせられるはずです。

そしてその神聖さに、畏敬の念を抱かずにはおられないでしょう。そういう豊かさが、40代からは必要だし、また楽しめる年齢なのではないでしょうか。

マダム的〝ちょこキャリ〟もあなどれない

かつて二十四時間が自分の時間で、仕事と遊びにがんばっていた頃は、40代マダム雑誌なんてもう信じられない、許せないいって世界でした。

フェミニストの小倉千加子《おぐらちかこ》さんも、著書『結婚の条件』（朝日新聞社）の中で取り上げていますが、本当のキャリアウーマンからしてみれば「いったいなんなのよ？」みたいな人が、ぎょうさん出てくるからです。

ダンナが金持ちで、誕生日にはクソ高いブランド物の時計や貴金属をプレゼントしてもらい、のみならず〝（妻名義の）株式会社〟、までプレゼントしてもらえるようなマダムが、子供の手が離れたからって、週二、三日だけ、「オシャレして出かけるために」仕事をする。

それを〝ちょこキャリ〟とゆーらしいのです。が、フラワーアレンジメントやテーブルコーディネートなど、マダムな経験を生かしたものが多いんですね。

ま、そんなのは別世界としても、高齢出産で子育てしながら仕事も続ける場合、どんな職種でも〝ちょこキャリ〟感覚を身に付けるのはいいアイディアだと思います。本当、私も産後一年半で事務所を借り、いきなり前と同じように根つめて仕事しちゃって、ガッツリ疲れた後は、マダム雑誌も〝ちょこキャリ〟もあなどれなくなっちゃったもん。

あのいいかげんさ、遊び感覚、ゆるさ、そして「あくまでも楽しめる範囲で」というバランスの良さこそが、40代から疲れず、ラクに、楽しく過ごし、結婚生活も、仕事も続けられるコツだとすら思えます。

厳しくて、完璧主義な人だけがいい結果を残すわけではない、という真実が分かってしまうと、およそマダム雑誌的なものを、「ふんっ、40過ぎてからの自分探しっていったいなんなのさっ」なんて、バカにしてばっかりもいられないわけですよ。

日々エイジングを実感しつつ、育児も家事も両立しながら仕事を続けるには、その量を減らすしかないんですね。

「たとえ半分でも、続けられたら御の字」

と、先輩高齢出産イラストレーター石川三千花さんも言っていました。

ま、それを〝ちょこキャリ〟とは言わないと思うけど、キャリアある仕事を〝ちょこキャリ感覚〟でやると、結構仕事も疲れないで楽しくできたりするんだよね、バイトだから〜。みたいな……。

そしてそのことを、恥ずかしいことと思わないことですな。なんかやっぱり私達世代のキャリアウーマンは、バリバリのキャリアウーマン、いわゆる〝バリキャリ〟に憧れてなった人が多いから、それができなくなることを、すごくナサケなく、ふがいなく感じてしまう。

でも、考えてもごらんなせー、年は取るわ、小さい子供はいるわ、大きい子供（夫）もいるわで、それまでとおんなじように仕事なんかできるもんじゃないって。

やっぱり「量より質」で、ちょっとだけ美味しいものを食べる的な、ダイエットが仕事にも必要なのです。

私の知人、友人は当然編集者が多いけど、やはり子供ができると、雑誌担当から書籍担当に移ったり、書籍を中心にしたフリーの編集者になることが多いです。そのほうが、朝まで仕事とかはなくなるし、打ち合わせ、取材、撮影とひっきりなしに外出する慌《あわただ》しさがなくなり、ゆったりした仕事ができるから。

ある編集者（40歳、二人の子持ち）も、女性誌から文庫編集部に移って一〇日で二キロ太ったと喜んでいました。と言うのも彼女、産後一カ月で仕事に戻り、一時は身長一六三センチ、三五キロまで痩《や》せてしまったからなんだそうです。

「今でも五〇キロ切ると医者に怒られるから、二キロ太ってホッとしてるんですよ」

アパレルメーカーに勤めていた私の友人も、産後数カ月で職場に戻ってから、みるみるうちに痩せ細り、ドッと老け込んでしまいました。のみならず、保育園の送り迎え&仕事が大変すぎ（毎日夜九時まで残業、年に三カ月海外出張）なのと社内の人間関係が原因で、不眠症に。抗ウツ剤を飲みながら仕事を続けていました。

私はずっと、「そんな会社やめちゃいなよ、そんでインターネット・ビジネスで個人輸入とかすればいいじゃん」とすすめてましたが、彼女はずっと勤めてきたので、「いや〜、理香ちゃんと違って私フリーで仕事したことないからさ〜」と、決心がつかないでいたのです。

大変だからってやめてしまう、人間関係が気に入らないからってそこから逃げてしまう、ということは、何か「弱さ」の証明みたいで、「ダメ人間」のレッテルをはられてしまうようで、イヤだったんでしょうな。

でも、それでどんどん薬の量も増え、具合も悪くなった彼女は、とうとう会社をやめました。すると、みるみる元気になって、薬も必要なくなり、本当に幸せそうなんです。

「いや〜、理香ちゃん、ホント、家にいるっていいね。お化粧もしないで済むし、一日中楽な格好でいられるんだよ」と嬉しそう。平日は保育園&ベビーシッター（夜間）、海外出張の時は休日も、自由業で融通が利くパパっ子だった息子も、床上げ以来久々の、ママとべったりライフを楽しんでいるようでした。

「今日なんか保育園休ましちゃって実家帰ってる」などと言っていて、本当に良かったと思いましたよ、友人として。

彼女は典型的な〝バリキャリ〟だったので、これから〝ちょこキャリ〟になれるかどうかはビミョーなとこだけど、今は遠巻きに見守っているところです。どーも、趣味のサンダルデザインとかしてコンテストで優勝しちゃったりもしてるみたいだけど、再就職の面接を受けたりもしてるらしいんだよね。

私としては、〝笑えるビーチサンダルデザイナー〟になって欲しいんだけど。だってキャリアとかお金より、日々の笑いと幸せ感のほうが大切じゃん？

Part 3

ため息が出そうになった時に

✦何ごとも楽しめる範囲でしかしない✦

人間、「好きこそものの上手なれ」で、本人が楽しめることというのは、上手にできるので疲れないものです。だから、方法論的に、「これをこーして、あーすれば、もっと幸せになれるはず！」と思ってやっても、それが楽しめなければ、疲れるばかりだし、効果も期待できないんですね。

「何をやるにしても楽しむ姿勢が大切で、戦う姿勢では効果がありません――」

これは、ジバムクティ・ヨガの創設者、デヴィッド・ライフ先生の言葉です。

ヨガだけじゃなく、これはすべてに言えることなんですね。近年ガン治療で使われるイメージ療法でも、病気と闘うのではなく、ガン細胞も自分の一部として愛して癒してあげる、という方法が採《と》られているそうです。

フツーの生活においてもたとえば、かつて大好きだった仕事も、おしゃれも、夜遊びも、男遊びも（笑）、楽しめなくなってきたら潮時なんです。卒業して、その年齢に合った、楽しめることを新しく始めるのが、いい年の取り方をする秘訣だと思いますよ。

私なんかも、30代半ばで、もう夜遊びもおしゃれも飽きちゃったなーって頃に、「もしかしてここに子供とかいたらもっと幸せかもー」って腹の奥底から浮かんできたもの、新しいアイディアが。

「けっ、子供持つなんて当然のことで、新しいアイディアでもなんでもないじゃん」とお思いでしょうが、私なんかみたいにすれっからしの物書きの場合、そーゆー、フツーの女としての願望なんてなかったわけですよ。結婚も子供も興味なかった。「え？　子供？　誰がオムツ替えんのよ？」みたいな……。なもんだから本人はてっきり一生独身で子供もいらんかもって思ってたのよ、それまでは。

しかしまー、おしゃれもエステもグルメも夜遊びも、何年もやってると同じことのくり返しで、飽き飽きしてくるんですな。それで、「新しい遊びとして子を産んで育てる！　これってきっと新しい発見の連続で、楽しいに違いない！」と思ったわけです。

そしてその勘は、実に当たってた!!　私みたいにおよそ母親らしくない母親にも、ちゃんとお似合いの子供らしくない子供の魂が降りてきてくれるから、オッケーなんだもの。

うちのフーフは「何ごとも楽しめる範囲でしかしない」というのがポリシーなので、平日九時〜七時でフィリピン人のベビーシッターを雇ってるけど、子供もそれなりにエンジョイして楽しく暮らしてくれてるし、すっごい元気でハッピーな子に育ってる。

つまり、子供を持ってみたものの、実際子育てしてみると二十四時間つきっきりってのは「楽しめる範囲じゃない」ってことが分かったので、こういう方法を採ったわけです。

「えー、そんなん、保育園にあずければいいじゃん」ってよく言われるけど、私にしてみれば、「え?　だ、だ、誰が送り迎えすんの?」と驚愕《きょうがく》の思い。

だって、生まれてこの方、どこかにちゃんと通ったことがあるのは義務教育の期間だけで、幼稚園もほとんど病欠、高校も半分はズル休み、大学もほとんど遊欠、その後どこにも勤めたことのない人間に、送り迎えができるとお思いですか？

そのうえ、うちの夫の仕事は朝早く（それも暗いうち）から夜遅くまでで、毎日のスケジュールもワケ分かんないフリーのカメラマンだし、そのほとんどは私がやらなきゃならなくなっちゃうわけですよ。もう考えただけで疲れちゃって、機嫌が悪くなっちゃう……。

ストレスから病気になるか、夫への恨みから離婚になるのが目に見えてるんです。それも、私一人じゃ子供は育てられないので、夫が娘を連れて離婚、という、子供にとっては最悪のケースになる可能性大!!　とまあ、そんな不幸をまぬがれるために、我が家にしてみればベビーシッター代は高くない、ということになるわけです。

人の価値観はそれぞれで、そんなお金あったら不動産購入の資金に、とか、子供の将来のために貯金して、と言う人も多いけど、我々フーフはそういうことには、あまり興味が持てないんですね。

なにせ二人ともB型で、好きなことしかしないし、体も動かないときているから。

我が夫など、いつも仕事で早朝からいないことが多いのに、たまの休みの日でも早朝サーフィンに行っちゃうんですから！　「好きこそものの上手なれ」、で、サーフィンだけは、眠いとか、かったるいとかはないらしいんです。

でもこれで、彼の体と心の健康が保てるなら、仕方のないことと私は諦《あきら》めています。たとえ朝は娘が起きる前に出かけていって、夜も寝てから帰ってきても。

何ごとも諦めが肝心。なんて、ダルイ大人の言うことだって若い頃はケーベツしてたけど、40にもなるとそのほうがラクだしいいじゃんって思える。だって、自分でどうにもならないことは諦めるしかないでしょう。

自分自身だってどうにもならないことってあるんだから、まして他人など……。

将来への不安が今を台無しにする

　私が気楽に生きていると、よく、「将来が不安じゃないの？」と聞かれます。「年も取っているんだし、小さい子供抱えて、これから先の不安とかないの？　もっとお金貯めといたほうがいいんじゃないの？　何がかかるって教育費がいちばんかかるんだから、学資保険とかも掛けといたほうが……」

　まあ確かに、夫もフリーのカメラマンだし、私も物書きという不安定な職業で、なんの保障もない生活だから、そういうふうに心配されてしまうのも、分からんでもないのですが。

　だけどそもそも、そういう安定とか保障みたいなものを求めていたら、こんな人生は歩んじゃいないわけですよ。どこか大きい会社に就職したり、公務員になったり、一生かかっても使い切れないくらいの財産がある男と結婚したりしているでしょう。

　そのどれもができないから、いたしかたなくこんなヤクザな人生を歩んでるって、言えば言えるけど、ま、好きでやってんだから人のことまで心配しないでほっといてくださいな、ってところです。

まあ自分達だけだったらともかく、子供のことに関しては多少責任感重くなっちゃって、「最低二十年間、人一人の責任持つのってつらすぎるー!!」と思ってなかなか出産に踏み切れなかった。そんなある時、私は大好きなマンガ家、しりあがり寿《ことぶき》さんの発言で、ふっと、肩の力が抜けたのです。

しりあがりさんは大学の大先輩で、奥様も大学の同級生のマンガ家、西家《さいけ》ヒバリさんです。同級生カップルで楽しく生活されてて、子供は40過ぎてから産んだそうです。

私は30代の頃、女性誌でエッセイの連載をしていて、そのイラストをずっとしりあがりさんに描いてもらっていた関係から、連載終了打ち上げ会の時、初めてお会いする機会に恵まれたのです。

その時、しりあがりさんが私の不安に対して、

「子供なんか責任取るつもりで産まないで、もっと気楽に、その辺に産み捨てるぐら

いのつもりでどんどん産んじゃえばいいんだよ」

とおっしゃったのです。のほほ〜んとした方なので、私も、なるほどそういうものかと、素直に納得できました。

実際産んでみると、母親のしなければならないことというのはあまりにも多いので、「産み捨てる」のとは全然違う現実が当然のようにあるわけですが、将来の不安というのは、あまりありません。

なぜなら、将来の不安を抱かないように、考えを改めたからです。子宮筋腫が元で、病気のこととか（病気が存在する理由なども）、物事の真実みたいなものを長年探究しておりますと、実に人の「思い」こそが、現実を作り出しているということが分かってきたのです。それも、人の思いというのはそのほとんどが潜在意識だから、自分で意識できない部分が現実に作用している、ということもたくさんあるわけです。

だから、しりあがりさんや我が夫のようにのほほ〜んとした、イージーゴーイングの人のほうが、人生うまくいくわけです。

私はこんなヤクザな人生を選んでいるわりには、もともとは彼らのようにイージーゴーイングではありませんでした。いろいろ心配し始めると泣き入っちゃったりすることも30代ではあったし、もともと割とお堅い家の子なので、日本人特有の「心配性」でもありました。

でも、その性格は、トレーニング次第で直すことができるんだってことを知ったのです。それにはたくさんの師の教えがあったわけですが、いちばん影響力があったのが、気功の小松秀雄先生と、ヒプノセラピスト（催眠療法士）の村山祥子《むらやましょうこ》さんの教えです。なぜなら、ものすごい数の（それも治りにくい心身の不調を抱える）患者さんを診《み》ている人達なので、実際に、本人の考え方を変えただけで、治りにくい病気も快方に向かった、あるいは治してしまったという実績があるからです。

私の子宮筋腫も、物理的にはまだおなかの中にあるのかもしれませんが、エネルギー的には、もうないのも同然なので、なんの悪さもせずに、共存しているわけです。

結局、私の子宮筋腫は、私自身の怒りや、悲しみ、不安などがかたまったものだったんです。それが、ポジティブな将来を邪魔していたのです。

ポジティブな将来とは、人が幸せになることなんです。それを、自らの不安な気持ちから台無しにし、それどころか一歩も前に進めない人もいる。かつての私もそうでした。

人生を生き生きと、楽しく過ごすには、人それぞれいろんなやり方があると思います。だから、それに対して不安な気持ちなんて、抱く必要はないんですよ。ただ、やりさえすればいいだけなんです。それを否定するのは、自分の不安以外、何もないんですから。

「でも子供だけは自分の力ではどうにもならない生き物だから」と、母になられた方、これからなる方は不安になりがちでしょう。でも、これも心配するには及ばないんです。なぜなら、その子自身に生命力があるからです。私も子供が生まれたばかりの頃はさんざん心配しましたが、今では、「こいつはほっといても、たくましく生きていく……」と達観しています。

エンジョイ・スピリチュアル・ライフ！

私の中ですっかり定着したニューエイジ的思想。最初にかぶれたのは、アメリカのアリゾナ州セドナという、ニューエイジ・スポットに行った時でした。

夫と結婚した35の冬に、新婚旅行がてら行ったのですが、その頃はまだニューエイジ的なことなんて、『X-ファイル』レベルでしか興味がなく、「セドナに行ったら、UFO見れるかなー」ぐらいのものでした。

そんなんで、なんでわざわざ、フェニックス空港から車で二時間半もかかる山ん中（セドナは赤い岩山に囲まれた砂漠）に行ったかというと、私のニューヨークの古い友人が、たまたまその夏、日本に遊びに来た時、「ぜったい行きなよ面白いから！」と、熱く語ったからでした。

彼女はかつて私をノースキャロライナ州にあるチェロキーという、アメリカンネイティブのリザベーション（政府指定保留地）に連れていってくれたコーディネーター。

自身がもともと霊感の強いほうで、スピリチュアルなことには大変興味のある方でした（いきなり敬語）。

で、私はというと全然霊感もないし、ウサンクサイことは大嫌いなタチなので、そういう類のことに遭遇すると、「うわ〜、怪しい!!　宗教臭い!!」と毛嫌いするほうでした。でもこのニューヨークの年上の友達はすごくセンスが良くて面白く、そして純粋だったから、彼女の話には興味を持つことができたんです。

彼女は、東京でコピーライターをしていたんですが、四十路を過ぎた時、ガンだという診断を受けました。「手遅れになるので即刻手術を」と、入院させられたのですが、あまりの恐怖から病院を脱走、ニューヨークに行ってしまった人でした。

「気がついた時にはワシントン・スクエアに座ってたんだよ。でも私、どうせ数カ月しか生きられないなら、大好きな街で、楽しいことばっかりやって死にたいって思ってた」

という彼女は、ホントにそれから、まだ全然ゲンキで生きてます。たまにおなかが痛くなると、病院ではなく中華街の漢方の先生のところへ行って薬をもらい、ハリを打ってもらうくらいで、年の割には日々生き生きと、若々しく生きてます。

そんな彼女に紹介されたセドナで、泊まったのがまた、「ヒーリングセンター・オブ・アリゾナ」という、個室にカギもついていない、ニューエイジの宿だったのです。

宿の主人はジョン・ポール・ウェイバー。『ヒーリング・ヴェジタリアン』という料理本を出しているヒーラーで、ま、その道の人には有名かもしれませんが、私と夫にとっては、ヴェジタリアンのくせにデブの、酒飲みの、変わりもんのオッサンでした。

このオッサンが、

「ハネムーンということならば、ベランダに朝、いちばんいい〝気〟が来る部屋を用意してあげようぞ」

と言った私達の部屋には、ベッドの上に超怪しいニューエイジ的な画がかけられ、赤い岩が設《しつら》えてありました。

「この上で瞑想《めいそう》するとチャクラが開けるのよ」

と説明してくれたのは、ペルーのマチュピチュ遺跡に旅行中だったオッサンの代わりに寮母さんをやっていたオバサン（アーティスト、オッサンの元恋人）でした。

当然、なんの霊感もない私達フーフは、チャクラが開けるも何も、不思議体験もしなかったのですが、何が感化されたって、「あ〜、ニューエイジって、楽しいことなんじゃん」と思えるようになったことです。なぜなら、そこの宿の住人はほとんど全員、い〜かげんな感じでふざけてて、でもフレンドリーで人に対して誠意のある、とてもオープンな人達だったからです。

忘れもしない、オッサンがマチュピチュから帰ってくる前夜の、オバサンとのお別れ会のパーティ。太鼓をぼんぼこ叩きながら、ディジュリドゥ（オーストラリアの先住民族アボリジニーの尺八のような笛）とか、ガラスのボールとか、いろんな楽器をならしてテキトーに踊ってたオバサンの旧友達。そのあまりの楽しいムードに、私達は、「仲間に入れておくんなまし」と、ドアを叩いたのでした。

すると、七〇年代本物のヒッピーであるオッサンとオバサン達は、もうこぼれんばかりの笑顔と、ハンパじゃないウェルカムオーラで、私達をそのどんどこパーティに入れてくれたのです。

そして、宴もたけなわになった頃、ドアをたたく音が……。開けると、超〜病気っぽい陰気な女性が、泣きながら文句を言ってきたのです。

「もう、いいかげんにして欲しい!! 私はここが、ヒーリングセンターだと思って来たのに、こんなドンチャカやられたら、うるさくて休むこともできない」

ま、ヒーリングもとらえ方の違いで、こんなことも起こっちゃうわけです。私の中ではヒーリングは、楽しいことをやっていて、ついうっかり苦しいことも忘れてしまった……という状態のことで、そこで初めて、病気も自然治癒が起こると思うわけ。

なので、みなさんいろんな考え方がおありでしょうが、私にとってニューエイジ的な考え方というのは一つの「楽しく生きるための ツール」みたいなもの。こういう方法論的信仰で、充分だと思いますよ。

※ニューエイジ思想/宇宙、神、魂など目に見えない精神世界、個人の霊的な覚醒を大切にする考え方。七〇年代のヒッピー・ムーブメントにより広く大衆化された。

〃癒し〃はセルフケアで

近年日本はヒーリングブーム。社会に進出する女性が金と力は持ったものの、どれだけ疲れているかの証でしょう。

体も心も疲れて、それをなんとかしようと、評判のエステやヒーリング、マッサージを予約する。でも、腕がいいと名高いヒーラーやエステティシャンは予約でいっぱい。ようやく予約が取れたと思ったら何週間も先の話で、実際「今すぐなんとかして欲しい！」ほど疲れたり落ち込んだりしているのにどうしようもなかったり……。

私もよくありました。30代、そこまで疲れるほど働くこともないのに、ワーカホリックで、「プロの手にかからなきゃ取れない」ほどの疲れを感じ、エステやアロマセラピー、マッサージ、ヒーリングの予約に精を出していたことが。

でも、予約した時間に遅れないよう、休みの日まで気を張ってるのって、どうなのでしょうか。それも、有名店なら必ず都心にあって、遠くから電車に乗り、そのため休みの日までちゃんとした格好をして化粧して、終わったらまた、せっかくディープクレンジングしてもらった肌にメイクし直して帰るのです。

エステルームの施術台の上でくつろいで、ヨダレたらして眠っていたのに、またシャキッとして帰らなきゃならない。もっとバリバリの人は、仕事の合間にエステの予約を入れて、終わったらまた仕事に戻ったり、次の予定（飲み会だったりデートだったりディナーだったり）に走ったりしています。

これでは、エステやヒーリングの効果も台無しです。まあ物理的には多少効果もあるのでしょうが、精神的には無きに等しいのではないでしょうか。

そんなことより、休みの日や夜の時間は、家でゆっくりくつろいだほうが、よっぽど疲れが取れると思います。顔や手足のお手入れも、お風呂やリビングにて自分で簡単にできる方法を取ったほうが、気持ちもおさいふも疲れないものです。

そのうえ、このヒーリングブームで、最近ではヒーラーや治療家にカリスマ的存在と呼ばれる人が増え、どうも勘違いしているような人まで出てきました。ヒーラーになった動機は本当に疲れている人、困っている人を助けたい、という気持ちだったのでしょうが、お金や立場を得るにつれ、うっかりゴーマンになってしまったような人も、少なくないのです。

「自分は特別だ」という意識で人に手を施《ほどこ》すと、その意識は受けた人をもっと疲れさせてしまうのです。それ以前に、カウンセリングの段階で高圧的なことを言われて、気分を害すことだってあります。これではホント、元も子もないですよね。時間とお金を使って、その場に時間通りに出向く、という労力を使っても、ドッと疲れてしまうのですから。

　こういうヒーラーやエステティシャンは、いくら技術的に質が高くても、知識が豊富でも、ヒーラーとしては失格なのです。でも、ヒーリングという仕事が確立している今、女性の自立の手段として、この手の資格取得セミナーがたくさんあり、次々と、たんなる生活手段としてのヒーリングというお仕事、をする人が増えているのも事実です。

　そんなエセヒーラーにひっかからないためにも、自分で自分を癒す技術を身に付けたいものです。いやさ、それ以前に、そこまで疲れることをしたり考えたりしないこと。日々うまく休んで、疲れをためないようにすれば、お金を払ってイヤな思いをしてまで、誰かに癒してもらわなくともいいのです。

手のかかる美容法だって同じことです。私もついうっかり、女性誌で特集など組まれていると、新製品に飛びついてしまうクチですが、最近の美容法は、どうにもこみいったキットが多すぎて、それをうまく使いこなせないと、「レベルの高いクラスについていけない落ちこぼれの生徒」みたいな気持ちにさせられ、がっかりしてしまいます。高圧的な物言いをするヒーラーもそうですが、「そんなこともできないの⁉︎ だからアンタはダメなのよ」と言われているようで。

まあ人間、がんばってる時はそういう、叱咤激励してくれる存在が必要かもしれませんが、40を過ぎ疲れがグッとこたえる年齢になると、もう耐え切れません。自己啓発セミナーなんかも同じです。

幸せになるため余計なことをして、もっと疲れてしまうより、「Try Being……」、「ありのままでいてみようよ」と私は言いたいのです。そのままでも、あなたは充分魅力的だし、幸せじゃないですか。ただ今、ちょっと疲れているだけ。静かに横になって、空でも見上げたり、マンガでも読んで笑ったり、美味しいものを食べたり、大好きな友達とダべったり、いい音楽に耳をかたむけたりすれば、また元気になれるはずなんです。

ところで、アクセサリーなんかも、実はつけると疲れるの、ご存知でしたか？　腕時計も疲れるので、休みの日は、そういったものもいっさいつけないでくださいね。ジュエリーや時計は、人のエネルギーを奪うんですよ。重いだけでも疲れちゃうので、私もほとんどつけていません。

考えないで〝感じる〟ように生きる

幸せとは尽きるところ、体のどこにも痛いところやカユイところ、苦しいところがなく心穏やかに、いられることではないでしょうか。体が疲れすぎると、頭にも不安や不満がしのび寄りますから、何はともあれ疲れすぎないように。

サンドラ・ブロック主演の映画『トゥー・ウィークス・ノーティス』で、彼女演じるところのハーバード大出の弁護士が、

「私にとって、母の声は天の声なの。私がいくらがんばっても、母は決して満足することがなかった」

と、厳しかった母親を語るシーンがあります。このセリフで、胸がしめつけられる読者も少なくないのではないでしょうか。

そんなふうに育てられている私達ですから、何か生産的なことをスケジュールびっちりでやってないと、いけないような気がしてしまいがちなのです。仕事だけでな

く、私生活も、家事も美容も健康法もがんばって、とにかくプラス思考に生きていないと、それはイコール、怠けて、堕落していくことだと思ってしまう。

もう母親に怒られる年でもないのに、自分の中に自分を見張る「母」がいて、その意識に縛られているのです。だから、体はもう疲れて悲鳴を上げているのに、休むことができない。だらだらしていると退屈で、逆に気分が落ち込み、忙しいほうが充実感があって楽しい。

これが、ワーカホリックを作り出すのです。休みの日すらもスケジュールをびっちり詰め込み、それをこなせる自分を誇らしいとすら思ったり……。そうやって決定的に疲れて、立ち直れなくなる前に、少しずつ心のシフトチェンジをしてあげるのです。

とは言っても、今まで馬車馬のように走ってきた人に、いきなり、「体の声に耳を澄ましてみましょう」な～んて言っても、ワケが分からないでしょう。なのでまず、「健康は最高の豊かさ」だということをキモに銘じてください。

二十一世紀、大切なのは、お金とか、不動産、貴金属や、地位とか名声ではなく、心と体の健康なのです。

そしてこれには、個人的な幸せ以上の意味があります。それは、地球人のひとり一人が健康で、ハッピーならば、地球自体もハッピーでヘルシーになれる、ということです。つまり、「平和」がおとずれるのです。

同時多発テロ以降、この地球はマジやばいっすって状況なのは、みなさん御存知のところです。その状況を作り出しているのが、そこに住んでいる私達の「思い」なんですよ。

一見カンケーないと思われがちなこの事実、実は関係大アリなんです。この本の一章（Ｐａｒｔ１）ですでに述べたとおり、すべては波動＝エネルギーなので、より多くの人がいち早く健康に、幸せになれば、地球も救われるのです。

逆に、怒りとか、悲しみ、不安や、焦燥感、絶望や、嫉妬、などなどネガティブな「思い」で生きていると、自身も不愉快で体調も悪くなるのみならず、周囲の人も不愉快に、さらには地球すらもダメにしてしまう。

そう、伝染《うつ》るんですよ、ウツ状態が。地震も人々のネガティブな想念を地球が吸収して、排毒のために爆発するものだという考え方もあるほどです。

　ではどうしたら、いつも安らかな心でいられるかというと、まず、「物事はすべて中立＝ニュートラルで、それに悲しいとか苦しいとか色をつけるのは、自分の感情である」ということを知ることです。

　そしてその感情というのは、ほぼエゴから来ているものなんです。つまり、みんな自分のエゴから来る感情に、がんじがらめになっているだけなんですね。

　私はニューヨークで、強迫神経症をヨガと呼吸法で克服した精神科医のヨガ講座を受けたことがあるんですが、彼女いわく、

「不安とか魔物とかっていうのは、想像しなければそこに存在しないわけです。だから、今ありもしない将来の不安を抱くことは、このマンハッタンで、そのドアから虎が入ってきて私を食い殺す、と思って怖がっているのと同じなんですね」

　なんだそうです。

　私も空想が好きですが、どうせ存在しないものなら、神様とかエンジェル、奇跡とかファンタジーを想像したほうが楽しいので、不安が込み上げてきた時には、そうい

うもので塗り替えてあげることにしています。

私達は親から、この世知辛い社会を〝生き抜く〟ことを叩き込まれてますから、なかなかイージーゴーイングに生きられないものですが、「生き残る」のと、本当に「生きる」のとは、だいぶ質の違うものです。

「生き残る」ための損得計算や、将来の不安に対して備えることばかりしていたら、今を「生きる」ことができなくなってしまいます。何より、先の不安を感じることは、心と体をドッと疲れさせてしまうのです。

頭でこすっからしいことをちーちー考えているうちに、人生はアッと言う間に終わってしまいます。本当に「生きる」というのはそうではなくて、今この瞬間を、慈しみ、味わって、過ごすこと。

さあ考えるのをやめて、感じてください。目に映るもの、耳に聞こえてくるもの、肌に感じるあたたかさや心地良さ、かぐわしい匂い、舌で感じられる美味しさ、そしてハートに響くもの……、私達が今ここに生きて、感じられるものたちを、存分に味わうのです。

連れ合いは、自分を映す鏡である

「40にして惑わず」、とはよく言ったもので、人間40にもなると腰が据《す》わってくるものです。30代、かつてあれほど悩んだあれやこれやも、「な〜んであんなことでウダウダ巻いてたんかいな」と思える。だから肩の力が抜けてラクになるんだと言えば言えるし、それが大人の証明のような気もする。

しかし、連れ合い（男）に関してはまだどこかでファンタジーが捨てられず、目の前の、現実の、生身の男に対して怒りが込み上げてくる人も多いのではないでしょうか。

40にもなって女友達とケンカする人はあまりいないと思うけど、夫婦ゲンカはこの（数々の修行を積んだ）私だっていまだにします。

周囲の話を聞いても、やはり生活（経済的なことや実際の家事労働や育児）が大変になればなるほど、夫婦ゲンカは頻繁に起こるみたいです。

そこで、最悪のケースを避けるため、「連れ合いは自分を映し出す鏡」であることを常に念頭に置き、忘れないことです。

実際、まったくタイプの違う二人でも、どこか根本的なところが似てなかったら一緒にはならないし、長く一緒にもいられないでしょう。そして人間、長年一緒にいると、浮遊遺伝子にヤラれ、似てしまうんです。

浮遊遺伝子とは、その人の周りに漂っている雰囲気の中にある、〝伝染る〟モノ。それが伝染ると本当に、飼っている犬や猫でも似てきちゃうんだから、人間ならなおのこと。そして、「すべての事柄はその人の発した波動によって起こる」ので、頭にくることをされるのには、自分にも責任があるんです。

だからムカついても相手ばっかりを責められないし、パートナーに対する怒りは、実は自分に対する怒りだったりもするからあなどれない。

私はこれ、ヒプノセラピストの村山祥子さんから教わったのですが、夫婦ゲンカの怒りは、思うようにならない自分の人生（自分自身の力不足）に対する憤《いきどお》りであることが多いので、家族など近しい人には人間誰しも甘えがあり、つまり、「相手のせい

Column3

潜在意識と対話して悩みを解決

近年注目を集めるヒプノセラピー（催眠療法）は、深くリラックスした催眠状態になることによって潜在意識に働きかけるセラピー。

催眠状態では心の緊張がほぐれ、心の奥（潜在意識）に押し込められていた記憶・気持ちが出やすくなる。セラピーによって、潜在意識に封印していたネガティブな感情を解放することで、過去のトラウマで傷ついた心を癒し、自信や自己愛を取り戻すことができる。

著者の本にしばしば登場する村山祥子さんは全米催眠療法士協会認定のヒプノセラピスト。あなたのオーラ・エネルギーを透視（クレアボヤント）することで、現在起こっている物事や問題の原因や意味を探る「リーディング」も行なっている。毎月、東京でのセッションも開催中。

○村山祥子さん主宰「ヒーリングワークス」ホームページ
http://healing-works.com/

にしてラクしよう」と、無意識の内に思ってしまうんですね。

自分の力不足を認めてイチから自己改革をするのは大変なので、誰かの、何かのせいにしてしまうんです。でも、誰かの、何かのせいにしているうちは、何も変わらないんですね。

特に夫婦間で罪をなすりつけ合った場合、家は戦場と化し、帰宅拒否症に。一緒に住まう人すらも信用できなくなって、家庭はくつろげない場所になってしまうんです。

「ま、そーなったらさっさと別れて次へ……」と考えられるのは30代までで、40にもなるとそれすらもかったるくなるわけだから、夫婦ゲンカはできるだけ避け、仲良くするようにしたほうがいいんですね。

夫婦ゲンカを避けるコツは、ムカッときても、「あ〜、こういうところ、私にもあるかもな」と、他人のふり見て我がふり直せ的な考えをしてみることです。

「まっさか、そんなことこの私にあるわけないじゃないの。だから信じらんなくてムカつくわけじゃん」という御同輩。お気持ち、痛いほどよく分かります。

私なんかもこの間、またブチ切れちゃいましたよ。娘がビデオカメラを高い所から落として、壊し、たまたま夫が休みだったので、「これ修理出しといて」と頼んだところ、「保証書どこ？」と聞かれました。

私は受け取った憶《おぼ》えがなかったので、「知らない」と答えると夫はわーっと家の中数カ所を探し、

「おっかし～な～。ない。理香ほん捨てちゃったんじゃないの？」

と言いました。私はブチ切れ、家のモノすべての保証書を保存してあるファイルを三冊、夫に向かってぶん投げました。

「この家のことを全部管理している（させられてる）私によくそーゆーことが言えるね！」

と。すると夫、

「俺のおっかあは保証書とか全部捨てちゃってたから、理香ふんもそうだと思った」

なんて言うんですよ。

「俺はこの中に保証書が入ってることすら知らなかった」

と。ね、どれだけ日本男子が家のことを女房にまかせっきりで、なんにもしないかがお分かりでしょう。

結局、保証書は夫の事務所にあったのですが、夫は、

「そんなに怒られても困るんだけどなー。モノとか投げないでくれる？」

と反省の色もありませんでした。

「かんべんしてよ」と思いましたがね、それ以上掘り下げても逆ギレされるだけなので、自分個人として御機嫌になれることをするしかないんですね。

夫に関しては、まー、バクチとか借金とかするわけでもないし、女グセが悪いわけでもないからいっか、と、諦めるしかないんです。

Part 4

手抜きのススメ

疲れていない朝を有効活用する

厚生労働省の調査によると今、日本でいちばんストレスを感じているのが、40代の女性達だそうです。いろんな意味で「分っかる〜!!」と、うなずいてしまいますよね。

体力と美容の衰え、それに伴う将来の不安、仕事は責任を負わされますます多忙に、そのうえ夫が日本男子だった場合、家事能力ゼロのケースがたいへん多く、家事の負担もプラスされます。

さらに高齢出産で子供を産むケースも増えてきて、プラス子育てアーンド親が病気になったりしたらもう大変です!! まったくもって「うまく手を抜く」ことを考えないと、自分が倒れてしまいます。この際、「母として、妻として」なんて美意識は捨てましょう。

この世代のキャリアウーマン達は、根っ子に古い日本女性としての意識が流れているので、部屋がとっちらかってたり、洗濯物がたまってたり、冷蔵庫がカラッポだったり、子供がだらしない格好をしてたり、夫がハラを空かしてたり、トイレットペーパーなどの消耗品が切れていたりすると、それは全部自分の責任だと思うようなところがあります。

それで家の中でも働き続け、会社でもまるで独身者か、家のことは全部女房（専業主婦）に任せて働いている男達と同じくらいがんばらざるを得ないので、ホント～にお疲れ様!!

どこで手を抜けるかといったら、これは家事と育児しかないんですね。私も宅配や便利グッズなど使ってうまく手を抜いています。そしてお金を払って人にまかせられるところはまかせてしまっています。

これにはまず、「お金より、健康が第一だ」という価値観が大前提なのですが、我が家は前述のように平日九～七時でベビーシッターを雇っていて、年数回は大掃除をプロの人に頼んでいます。ベビーシッターも簡単な掃除をしてくれるのですが、若いフィリピン人だから、見えないところはほったらかしなので（笑）。

お料理もできない子だから、私は子供のランチも朝のうちに作り置いていきます。ゴミ出しもほとんど私の仕事。夫は家事には興味がないので、まあほぼ、専業主婦がいる男のような暮らしをしております。ただ違うのは、自分の洗濯物だけは自分の事務所でしてもらっているのと、夕飯の片付けだけは義務付けていること。

それくらいはやってもらわないと、ハッキリ言って身が持たないんですな。なんせ仕事もしているわけなので。

「は～、次引っ越したら食洗機買おー」

というのが夫の口癖ですが（我が家のキッチンにはスペースがないので）、それを言われると私は決まって、

「いいよね、食洗機は買えても、クッキングマシーンは買えないもんね」

と思います。

思っても口には出さないのよ。以前は思ったこと全部口に出してたけど、年取って、それで怒られて逆ギレされてケンカになるより、自分がガマンしたほうがラクだと知ったから。

ホント、夫婦ゲンカほど消耗することはないんですわよ。今年の春くらいまでやってて、本当に疲れ果てて〝ガンになって死にたい〟くらい精神的に参っちゃったので、夫婦ゲンカは極力避けることにしたのです。

自分の不満はすべて自分の中の問題として解決し、できる限り相手を責めない。これが夫婦円満、そして疲れない秘訣です。

「えー、そんなんじゃ、なんか損しちゃう感じしない？」とお思いでしょうが、〝疲れない〟こと以上の得が、この世にあるでしょうか？　もうゼータクも出尽くした感のある今の日本で、〝疲れない〟のが40以降の女にとっては、最高のゼータクだと私は思うのです。

とは言え、ごはんだけは、ほぼ毎日作らにゃあなりません。とゆーのも、それなりのレストランで外食するのも疲れちゃうからなんですな。若い頃（30代まで）は、オシャレして外に食べにいくのが大好きで、それがゼータクだと思っていたけど、今はそんな機会は、年に数回、特別な時だけで充分って思えます。

だいたい、2歳の子供を連れてったらテーブルはひっちゃかめっちゃかだし、ファミレスとかうどん屋とか、カフェぐらいしか行けないしねー。すぐ飽きちゃうし。で、年を取るとごっつー感じ入るのが、「朝は疲れてない」という実感です。授乳で起こされるといってもたっぷり睡眠を取った後なので、40女でも活力があります。そのかわり、夕方はもうくたくたに疲れ切ってて、やる気ゼロ。「ごはん作るのもイヤだけど、出掛けるのもかったるい!!」というのがみな本音なのではないでしょうか。そして、女は別にデパ地下でできあいのものを買ってきてもそれなりに楽しめるけど、夫とゆーのはそれじゃあいい顔をしません。

なので私は、夕飯の仕込みはすべて（刻みモノも煮込みも）朝のうちにやっておいて、あとはさっと和《あ》えたり仕上げをして、テーブルに並べるだけにしています（詳しくは『地味めしダイエット②』〈光文社知恵の森文庫〉をご参照ください）。

手を抜くことに罪悪感を覚えないこと!!

「それでもやっぱり野菜は切りたてのほうが美味しいから……」「ごはんも研《と》ぎたて炊きたてが……」とこだわっていたら、〝手抜き〟なんてできません。

この際、専業主婦であったお母さんにやってもらっていたことは、いっさい忘れましょう。さらに、夫達の満足のいくようにやっていたら、ハッキリ言って倒れます。それは私達の母親世代の、古い日本女性（専業主婦）がやっていたことだからです。

私も産後、というか子供ができ本格的に仕事を再開してから、疲れた体で家事をなんとかやりくりしようと思って、この、「すべて朝のうちに仕込んでおく」という方法を取り、最初のうちは、「何か自分で作った半調理製品みたいだな」と心淋しく感じましたが、「半調理製品のどこが悪い!!」と思い直すことにしました。それどころか、「自分で刻みモノをしているだけ偉い!!」と思うことにしたのです。

刻みキャベツやお辛味《からみ》を作るのも、体力と気力のある時でないと大変なものです。

でも、疲れていない、そして子供も比較的静かな朝（夜はかまってかまって攻撃がすごいので）にやっちゃって、冷水にさらしてシャキシャキに、水を切ってキッチンペーパーを敷いたタッパーに入れておけば、なんにでも使えます。

子供を幼い頃よりベビーシッターにあずけたり、保育園に連れてったりするのも、いまだ「3歳児神話」を信じる古い人達からは軽蔑《けいべつ》のマナコで見られますが、罪悪感なんて感じる必要はないんです。

「親はなくとも子は育つ」とはよく言ったもので、どういうふうに、誰に育てられても、その子の個性と生命力で、勝手にスクスク育つもんなんですよ。

私なんかもね、古いタイプの夫の父に、ベビーシッターを雇っていることがバレた途端、「自分の子供が何食べてるかも知らねーだら」と静岡弁でイヤミ言われましたよ。

ま、田舎じゃ当然のように嫁は専業主婦で（弟の嫁も）子供は幼稚園までは自分で育ててるわけで、それは女の仕事で、手を抜くなんてとんでもないことなんですね。

それが分かっていたのでナイショにしていたのですが、女性週刊誌の取材でうっかりしゃべっちまって、バレちゃったの。トーチャン読むなよそんなモンってカンジ。

でも人からどう見られようと、何を言われようと、これは私の人生だし、生活なんです。みなさんも、みなさんなりに生きていいんだと思いますよ。あれこれ言う人が、何をしてくれるわけでもないし……。

人生は、自分のテイストで選択して、作っていくしかないんです。ただでさえ私達は、人から何も言われなくても、自分の中の小うるさい、古い日本女性の意識に苦しめられている部分が多いのですから。

私なんかもそうですよ。もう疲れちゃって、夕飯、冷蔵庫にある刻みキャベツに、デリのコロッケ買ってきてチンして乗っけて出しちゃえ!! って思ったりする自分を、「なんて怠惰な……」と許せなかったりするんだもん。たぶん夫は、マジでコロッケ大好きだから、もっと食べたいって思ってると思うけど、私自身が、そんなんじゃ淋しいと思うので、年に数回、マジに疲れてる時しかできないの。

さらに、おろしショウガだけはチューブのはマズイからやっぱり自分でおろさなきゃとか（これも朝のうちにおろして冷蔵庫で保存）、ごはんだけは家で炊く（パックのご

はん は食べたくない)とか、無洗米なんてイヤ、とか変なこだわりがあるから苦労しちゃうんです。

でも、最近ホントしみじみ思うのは、そういうこだわりで疲れ切り、カリカリしたり家族を責めたりしちゃうよりは、「減点ママ!!」と思っても、手抜きをしたほうがなんぼかマシなんですよ。

最近私はホントめんどくさかったらなんにもしないことにしているもの。おみそ汁とかわかめスープなんかも、「らでぃっしゅぼーや」の無添加フリーズドライのものにしたり。以前は一人では飲めても、夫に出したりできなかったけど、今は開き直ってる。

「インスタントのだけど、飲む?」って一応、聞いて(笑)。意外となんでも平気だったりするから、気にしてちゃんとやんなきゃって思ってた自分がバカみたいだったなあと思ったりしますよ。

祝日でベビーシッターがいなかった時も、朝「デニーズ」、昼友達の家でパーティ、夕方「モンスーンカフェ」でビールと生春巻き&サテ(子供はえびせんとジュース)、

Column4

簡単! 美味しい手抜きレシピ
――いしる出し汁京風スパゲッティ

能登半島名産「いしる」は、イワシやイカの内臓を原料とした魚醤。ナンプラーみたいなものだが、日本のコレはまろやかで美味。変な臭みもない。調味料として常備しておくと、通な味が。ここでは、いしるを使った簡単なスパを紹介！

作り方

①スパゲッティ人数分、海塩を入れたお湯でゆでつつ、水菜１束を洗って２～３センチに切る。エリンギ１、２本も適当な大きさに切り、ニンニク１片をスライス。
②フライパンにエキストラ・バージン・オリーブオイルを引き、火にかける。ニンニクのスライスを入れ、カリカリになったらキッチンペーパーの上に取り出す。
③その油でまずエリンギをやわらかくなるまで炒める。
④ゆで上がったスパゲッティ（コーヒーカップ１杯のゆで汁を取っておく）をフライパンに入れ、火は弱火に。そこに水菜を入れて全体にからめるように混ぜ合わせる（サラダサーバーを使い、両手で混ぜるとうまくいく）。
⑤いしるを上からかけて、とっておいたゆで汁も入れ、さらに混ぜ、味をなじませる。いしるはしょっぱいので、味を見ながら加減してください。
⑥お皿に盛りつけて、最後にカリカリのニンニクをトッピング。あれば、生ハムなど添えてもオシャレ。温泉卵をトッピングして混ぜながら食べるとこれがまた good. Enjoy meal!

夜「なか卯」のお持ち帰りうどんと親子丼だよ。

こーんないいかげんでいいのかしらと思うけど、我が夫は楽しきゃなんでもいいじゃんってタイプだし、実際一日一食もごはんを作らないと疲れが全然違ったりする。

結局、家事で手を抜くことに罪悪感を覚えるのは私自身で、できあいのものや残りものでは夫はいい顔しない、なんてのも、私の思い込みにすぎないのではないかと最近思い始めたところです。

いちばん大切なのは家族が笑って食卓を囲むことで、そこが「デニーズ」でも「なか卯」でもいいんですよね。

働く女性は開き直ってたくましく

そういえば香港やシンガポールなど、女性が結婚したり子供を持ったりしても働き続けるのが当然のところでは、外食産業が本当に盛んです。「デニーズ」なんかのファミレス、「マック」などのファストフードが欧米から入ってくる以前に、伝統的に町中には朝から開いているごはん屋さんや、屋台が軒をつらねています。それも、衛生状態さえ気にしなければ、すごく美味しいの!!

私が若い頃アジアを旅して、まんず驚いたのはそこです。屋台や、畳一畳ほどの店で、フツーに作ったフツーのものがすごく美味しくて安い。そして、それを汁物ならビニール袋や簡単なプラスティック容器、炒め物なんかもできたてをざっくり紙でくるんで、お勤め帰りのオバハンが持っていく。

香港では日曜日になると、一家総出で二、三時間飲茶屋《ヤムチャや》さんに居座るのです。それはもう〝移動お茶の間状態〟で、雑誌や新聞なんかも持ち込みで。朝ごはんから始まって、しばらくして小腹が空いたらまたなんか食べて。なんでも昔はちょっとお金持ちの家なら点心類を作る人が家にいたんだけど、そういう職人さんも年とともに消え、主婦も社会に進出して、飲茶屋に移動するようになったとか。

すごく合理的だし、そこには暗さというものがみじんもないので感心します。なにせ日本では、まだ私達の世代だと、世間の目とか、夫の目とか、自分自身のＤＮＡとか何かしら許さないものがあって、そういう選択をする時、「ラクだしい～じゃん、子供が散らかしても全部片付けてくれるしさ～」と、開き直れないのが事実なのではないのでしょうか。

一緒に仕事をした、ある外資系勤務の女性が、やっぱり高齢出産で子供を産み、復職してからあまりにも大変なので、「大人は自分のエサは自分でゲットする」という彼女いわくの、〝暗い決断〟をしたと言っていました。

「平日はいっさい料理をしないことにしたんです。会社の帰りにデパ地下に寄って、私と子供のものは買って帰る。ダンナはいつも帰りが遅いので、一〇〇％外食にしてもらってる」

だから土日以外は家庭生活なんてあってないのごとしだと。でもこれで、その家が成り立っていれば、全然〝暗い決断〟でもなんでもないと私は思います。子供がもうちょっと大きくなったら、香港やシンガポールに連れてって、「ほら、うちみたいなのってフツーなんだよ」と、見せてあげればいいのです。

うまく手を抜き、なんとかやっていく方法を取るのが〝暗い決断〟として意識されてしまうのは、私達の中に根づく、古臭い日本女性の価値観が影響しているだけなんですね。「結婚したら旦那様には日々美味しいごはんを。子供達にも手作りのごはんを……」という美意識があり、それが幸せのイメージとしてすり込まれているから、実行できない時に悲しさを覚える。

日本男子もまた、当然のように母親の手作りのごはんで育っているので、できあいのものをテーブルに並べられたり、たまにはいいけどいつも外食だったりすると、すっかりしょんぼりしてしまう。日本ではメシ＝愛情表現（他にスキンシップも言葉もなんにもないからねー）なので、自分はちっとも愛されてない、大事にされてない、と思ってしまうんですね。

この精神的依存関係が、働く女性の負担を大きくしているわけなんですね。そこんとこやっぱり、同じアジアですら外国人の男性はラクな部分がある。ま、アジアでも場所によるだろうけど、とりあえず働いてる女性が家で専業主婦並の家事を要求されるのなんて、日本だけだと思うな～。

もちろん体力も気力もあり余ってるならその要求にお応えしてもいいんだけど、疲れちゃってできないってんなら仕方がないと思いませんか。

私だってホントに、疲れてないなら毎食手作りのものを食べたいけど（そのほうが美味しいし健康的だから）、夫がまったくお料理できない我が家のような場合は、多少外食が多くなっても仕方がないと思いますよ。

四十路を過ぎ、小さい子供とデッカイ長男（夫）を抱えて疲れ切ってる御同胞、無理しないで、もう開き直って、力強く、そして明るく我が人生を歩みませうよ。

ファミレスばっかりで淋しかったら、休みの日はホテルの朝食ビュッフェに行ったっていいんだしさ。あるいはオシャレなカフェでブランチ、とか。子供が散らかしても片付けてくれるし、それこそサービスにお金を払う価値があるってモンですよ。

Column5

美味しいデパ地下 お持ち帰りセレクト

○yutori no kitchen share with 栗原はるみ

東京都渋谷区渋谷2-21-1　渋谷ヒカリエShinQs　B3

料理研究家の栗原はるみさんがプロデュースするデリ。テレビに出てくるレシピも参考にするとすごくおいしいので買ってみたら、まるでおうちで作ったみたいな美味しさ♥　揚げ物すら油っぽくないので、コロッケやアジフライ大好きな夫と娘に大受け！

※他、浜名湖SA店など店舗あり　http://www.yutori.co.jp/

○ベトナム料理　Saigon

東京都渋谷区渋谷2-24-1　東急百貨店東横店B1　東急フードショー西館

渋谷にある美味しいベトナム料理店の出店。奥のイートインコーナーでフォー（牛肉のスープ米麺）をいただくのもオススメですが、生春巻きと春雨サラダ、グリーンカレーぐらいを買って帰れば、おうちがベトナムレストランに！

※他、池袋など店舗あり　http://www.saigon.jp/

○Dean&Deluca

東京都渋谷区道玄坂1-12-1 渋谷マークシティB1

今やいろんなところに出店しているニューヨークのグルメデリ。お値段はお高いけど、雰囲気料だと思って癒されます。オススメは冬季限定オマール海老のビスクとイタリアンパニーニ。各種甘いパンも美味しいけど、搾りたてジュースや冷たいパスタ、洋風お寿司も捨てがたい！　節分の恵方巻もディンデリ・スタイルでオシャレ。

※他都内各所、大阪、名古屋などに店舗あり　http://www.deandeluca.co.jp/

〝ぼーっとする〟真似をする

夕方のニュース番組で、「スーパーのお惣菜も盛り付け次第でこんなに豪華に！」という特集をやっていて、「これなら旦那様に手抜きもバレないですよね」とコメントされていました。

今どき専業主婦だってこうやって手抜きをしているんだから、ましてやワーキングマザーなど、当然やってもいいんですよね。

だけど40過ぎて、健康と美容と美味しさを考えたら、できるだけ手作りを心掛けたいものです。なぜならデパ地下で売られている有名料亭のお惣菜でも、作って時間がたったものはそんなに美味しくないんですから。

そうでもない大量生産の、価格を下げるよう作られているものは材料にあまりいいものは使えないし、特に油が悪く、化学調味料が使ってあり、持ちを良くするために味付けが濃い（特に砂糖）のが特徴。さらに、今流行りのカット野菜などは、消毒液に浸《つ》けて売られていることもあります。

まぁあんまり神経質になって、あれもこれも食べられない、「絶対にオーガニックの素材で、手作りでないと……」なんてなっちゃうと、ストレスで不幸感のかたまりになり、元も子もないですが。40までまっとうに生きてきた人ならば、ファミレスやカフェでたまに息抜きをして、家族のためというよりは自身の満足感のために手作りを心掛ける、というのがベストでしょう。

ちなみにゆうべの我が家の献立は、鶏肉と野菜のトマトスープ（朝のうちに煮込んでおく）、バゲット、生ダコのバルサミコ炒めを豆腐とサニーレタスのサラダにかけたもの（仕込みはすべて朝のうちにやっておいて、夜はタコを炒めて味付けしてサラダにかけるだけ）。夕食のあとで息抜きに、「スターバックス」に家族でお茶しに行きました。

そして今夜の献立は、サバのみそ煮、大根とキノコのおみそ汁（朝、すでに作ってある）、牛肉とピーマン、エリンギ、ニンジンの炒め物（野菜はすべて刻んでタッパーに。牛肉にも下味を付けてある。ごはんも炊いておきます）。

そのかわり、朝ごはんは「デニーズ」に行っちゃったよ〜ん。二食いっぺんに作るのは大変なので。そのうえ冷蔵庫の中に「らでぃっしゅぼーや」のゴボウが眠っていたので、明日の八幡《やわたま》巻き用にゆでといた。なんせ早寝早起きで、朝五時半には起きるから充分時間はあるわけですよ。朝はね。疲れてないし、集中力もあるから。

ところがこの、「デニーズ」行ったりカフェ行ったり、子連れで息抜きができるようになったのって最近のことで、もっと小さい時は、ほぼ一〇〇%家で食べてたから、そりゃーもー大変だったんです！

年を取ると、脳も疲れる!!　と知った41の春でした。小説の構想を練りながら、家事の算段や毎日のメシのメニューを考え、そこに事務所の引越しやら来客、夫婦問題まで入ってきたら、なんと私の後頭部に、円脱!!　ができてしまったのでした。

疲れすぎると偏頭痛がする（特に週末）なぁとは思っていたけど、なにせ後頭部にできたちっちゃいモノだったので、自分では気づかなかったんです。

ところが毎月シラガ染めに行っているヘナ「クリームバスエビス」の人に、発見されちゃったんですね〜。彼女いわく、

「横森さん、これまじヤバイっすよ。この部分の円脱は、脳神経疲労の証拠なんです。ほっとくとどんどん広がるし、脳神経の疲労は脳梗塞《のうこうそく》の原因にもなるって言われてるんですよ」

　とのことで、

「え～!!　どど、どーすりゃいーっつ～のよ」

　と聞くと、

「とにかく考えすぎず、ストレスを減らして、ぼーっとすることですね。あと、シャンプーする時こう、よ～っく頭の後ろ、首の付け根のところをマッサージしてあげること」

　なのだという。

「疲れても、誰もしてくれないから這ってでもメシを作らねば……」

なんて思ってたあの頃、がしかし、無理してメシ作ってて脳梗塞になっちゃったりなんかしたら、メシ作るどころかなんにもできなくなっちゃうもんね。

　それからですね、自分の許せる範囲で手抜きをするようになったのは。だって、健康と日々の幸せ感（美味しさ）にこだわりすぎて、健康と幸せを壊しちゃったら、意味ないですからね。何事も、バランスが大事ってことで（中庸《ちゅうよう》ってムズカシイってことでもある）。

ま、一言で「ぼーっとする」と言ってもムズカシイものがあると思いますが、〝できる女〟になればなるほど、この術を身に付けなければなりません。なぜならそれは、「脳梗塞から身を守る」術だからです。

ま、手っ取り早くそれを身に付けるには、ぼーっとしてる人をよく観察して、真似することですね。ホント気がつかないし、気が利かないし、なんにも考えてないんだから。私達もそうなれたら、〝お幸せな人〟になれるわけですよ。さあ今日から気を抜いてみましょう！

クダラナイことをあえてやってみる

いわゆる〝できる女〟とゆーものは、休むことができない、あるいは休むのが下手なものです。でも、これじゃあ四十路を過ぎ、とりとめなく疲れてしまうわけですね。そこで、「意識して休む」ことを自分にしてあげなければならないんです。

「でもどーやったら……」と思われる方がほとんどでしょう。ものの本で、「平日でも、今日を土曜日の午後だと思って、窓辺にハーブティーでもって、くつろいでみましょう」な～んてヤワイことを言ってましたが、二〇年近くハードジョブをこなしてきた私達にはピンときません。「ケッ、そんなこと、できたらとっくにやってるぜ」ってなもので、退屈すぎてできないんですね。

そこで、「クダラナイ、と思われることをあえてやってみる」という方法をオススメします。これは、暑かった夏の間、実際に私が試してみて、結構休めたので、試してみる価値アリ、です。

①少女マンガを読む

ソファに寝転んで、あるいは電車の中で、ハマれる続きものの少女マンガを読む。オススメは『ガラスの仮面』。最新作が出るのに何年かかるけどまだ続いている永遠の名作！　子供の頃より今読んだほうがハマる！

どうするどうなるのめくるめく少女漫画的展開と、ありえないドラマティックな表現が、お年頃女子の心にビビビと来ます。登場人物の服装が、とにかくダサい、というところも見どころ。そして速水《はやみ》社長とマヤの関係、感情移入はさすがにしないけど、気になる！　そんでハマッてる時は日常の気がかりとかは忘れてるわけで、頭も休まるわけ。そう、〝憂《う》さ晴らし〟ができるのです。

②韓流ドラマを見る

40代なら一度はみんな体験してると思うけど、少女マンガ効果と同じなのね。私も最初は、「ケッ、クダラナイッ。韓流のどこがいーのよ⁉」とバカにしていたけど、これがいーんだ！

友達に借りて思わずハマってしまった『ロイヤルファミリー』は、『人間の証明』

の韓国版だけに、韓流ドラマにしては骨太の作品。韓流ファンでなくとも、出てくる俳優陣の演技のうまさには見惚れます。

韓国の大金持ちファミリーと極貧出身の主人公との、あまりにもひどい貧富の差の描き方がエグイ！　そして、嫁いびりもエグ過ぎる……！　と、のたうち回ってしまう作品。物語後半での嫁の「倍返し」も見物。

といったエンターテイメント性もさることながら、人間同士の「愛」や「情」に関わる深い部分も描けていて◎。

『美男イケメン・ラーメン店』も、最初は「くっだらない」と思うラブコメなのですが、大食いで貧乏でモテないヒロインが、大金持ちのボンボンと恋に落ちるあたりから、少女漫画的に嵌ってしまう作品。キ、キスシーンがエロい！

こういうクダラナイと思われるようなことをあえてするのには意味があって、さるスピリチュアルな方の言うには、

「地球は今、転換期にあって、スピリチュアリティが上がりすぎているので、あえて俗なことを意識してやったほうが気が休まるのです。たとえば、ダンスを踊ったり、

メロドラマを見たり」

だそうなので、疲れてる、悩んでるからといってニューエイジ系のセミナーに行ったり、自己啓発本を読んだりなんかはしないほうがいいんですね。ますます迷宮入りして、疲れちゃうから。

③アメリカンムービー&ドラマは、とにかく笑える、元気が出る!!

大好きなのはジェニファー・アニストン主演の『フレンズ』。これはもう以前から私はよくオススメしているんですが、文句なしに笑えるし、心あったまる、そして頭お休みモードに入れるシチュエーションコメディ。人気オバケ番組なので、アッと驚く大スターもゲストで出演しているのもミソ。

その他リース・ウィザースプーン主演の金髪コメディもの（『キューティ・ブロンド』）とか、サンドラ・ブロック主演の『トゥー・ウィークス・ノーティス』、ジェニファー・ロペス主演の『メイド・イン・マンハッタン』など、いかにもアメリカンドリーム的な、希望ありすぎの、「けっ、こんな話あるわけないじゃん」とケチをつけたくなるようなラブコメがなんたってオススメです。

だって、ケチつけながらもニヤニヤしている、〝お幸せな〟ワタシがいるんですから!!

こうやって、ヘビ～な日常を意識して休む。そのほか私は、元気が出るCDとしてQUEEN《クィーン》のベストアルバム、聖子ちゃんの『天使のウィンク』など持ってます。お掃除の時かけると、生きる活力が湧いてきますよ！

セルフケアで身も心もぴっかぴか！

女が自分を休ませる方法の一つに、「チョコレートケーキとコーヒー」ってのもアリなんですが、セルフケア、それもセルフ〝ビューティ〟ケアが、意外と効果あるんですね。忙しいと、なかなか自身の〝お手入れ〟をする余裕はないものだけど、これを意識してしてあげると、心の疲れ方がだいぶ違うんです。

私はこれ、子供ができてからしみじみ感じたのですが、子供の世話ばっかり焼いていて、自分がほったらかしになっていると、ハタと我が身に目がいった時（エレベーターの鏡に映ったり）、そのみすぼらしさにガッカリしてしまうのです。

「れ、みぜらぶる……」と、つぶやいてしまう。特に指先、家事でぼろぼろ、さらに寄る年波で乾燥し角質化しまくったソレは、「働けど、働けど、我が暮らしラクにならず。じっと手を見る」状態!!

かといって、若い頃みたいにネイルサロンに行って、サロンのネーチャンと友達でもないのに話合わせて疲れ切るつもりもないし。エステのフェイシャルも同様。疲れ切ると、誰かに（それがサービス業の人でも）会ったり話したりするのもやんなっちゃうし、ましてやアポ取って、仕事でもないのに時間通りに行かなきゃなんないのは超メンドー。

だから、セルフケアが一番なんです。まず、お金がかかんないし、ちょっとの時間、一人になれる時間と空間があればいいだけなんですから。

私が一人になれた時に（特に月曜の午前中、仕事部屋で）するのは、決まって爪切りと爪研ぎ、そして速乾マニキュアです。

速乾マニキュアはコンビニコスメの透明のキラキラマニキュアを使ってるんですが、これがいーんです。まず安い、すぐ乾く＝すぐ仕事に取りかかれる、透明だから急いで乱暴に塗ってはみ出しても気にならない。それでいて、「何も塗ってないよりオシャレ感アリ！」。家で小さい子供を一日中見てなきゃならない休日でも、子供がお昼寝している間とか、短時間でこれならできます。

爪だけじゃなくてささくれや、小爪もていねいに切り取って、時間がある時は足と手の角質取りもします。ピーリング剤は薬局などで簡単に手に入るものでＯＫ。

足のカカトも、オバンになると、ちょっとほうっておくだけでまるで〝乾いたモチ〟みたいになっちゃって、「揚げてオカキにしたほうがいいのでは⁉」と、自分につっ込みを入れたくなってしまいます。これはジェルだけでは追っつかないので、お風呂に入った際、フットスクラブでたまにこすっています。

それと、ムダ毛処理ですよね。「♪うち〜の女房にゃヒゲがある」と、私が顔ゾリをしているのを見て、前のダンナ（ええ、私ってバツイチなんです）は歌いましたが、日本人は毛の色が濃いから、うぶ毛をそらなくてもＯＫの人なんて少ないんじゃないでしょうか。

忙しいからといってこれを怠ると、ホント、ラテン系の女の人、フリーダ・カーロみたいになっちゃいますからね。まゆ毛ぼーぼー、鼻毛ぼーぼー、口ヒゲあり、うっすらともみあげも!! そんなダンディな女に、女も惚れないですからね。もし自分がそんな状態にあったら、どっと疲れちゃうでしょ。

そう、無精ったらしいものを見るのは、それが好きな人以外は、落ち込んじゃうんです。だから、特に美しくなくてもいいから、年を取ったらグルーミングだけはしっかりしたいんですね。ただでさえ肉体が小ぎれいでなくなってくるんですから。

どんなに忙しくても、このムダ毛ケア、指先ケア、角質ケアができていると、ほっとするんです。一人で無心にそんなことをコツコツやっている時間は、「自分を取り戻す大切な時」でもあるんですね。かつて、自分達が若くて時間もいっぱいあった頃みたいで、気が抜ける。

時には気の置けない女友達とくつろいでいる時に、一緒に爪のお手入れや角質ケアをしたりもします。温泉に女友達と行く時間は今はないけど、子供をあずけている時間に、ちょっとおしゃべりを楽しみつつ、ヒマだったあの頃と、おんなじ時間を持つんです。

同年代なら友達も忙しいはずですから、都合がつかない時は、一人でテレビやビデオを見ながらセルフケアしたっていいんです。身も心もピッカピカ。リフレッシュして、自分を充電することができますよ。家族にもやさしくなれるってもんです。

働きすぎて、脳が疲れた時は、顔のマッサージがオススメです。顔をなでると脳が休まる効果があるらしいんです。お風呂に入りながら、洗い流せるクレンジングでマッサージ。パックもスクラブもすべて洗い流せるのにすれば、あったまってる間にホームエステ完了です！

Column 6

美しいエイジングに効く!
横森理香愛用ヘア&スキンケア

○香寺ハーブ・ガーデン　ハチミツパック

180g 2100円　HP◇http://koudera.rs.shopserve.jp/

マヌカハニーを贅沢に使った洗い流せるパック。抗菌作用の強いマヌカハニーだけでもお高いのに、それにホホバオイルを混ぜてこのお値段は良心的過ぎる！ お風呂でぬるだけで翌朝はお肌しっとり。食品なので舐めても安心！ 東急ハンズに入ってるし、ネットでも。

○APS　フットスクラブ

120g 1050円　HP◇http://www.tuneup.co.jp/CLIENT/tomods/aps/

天然素材のシュガースクラブでこのお値段はさすが！ APSシリーズは、その他モイスチャーミスト、アイクリーム、シートパック、シャンプー、ハンドクリームと、どれをとっても安価でクオリティが良く、デザインもオシャレなのでオススメ♥　薬局のTomod's で買えるし、ネット通販でも。

○HABA　スクワクレンジング

120g　2100円　HP◇http://www.haba.co.jp/

濡れた手でも使える、洗い流せるクレンジング。ダブル洗顔不要なので、お肌の乾燥が止まらない世代の救世主。合わせてスクワランオイルも使うとお肌ばっちり。HABAは通販ですべて揃うので、忙しくて化粧品を買いに行く暇がないという40代にはありがたい♥

✦手抜き育児ＯＫ！　親はなくとも子は育つ✦

もちろん若いお母さんなら、とくに専業主婦であれば、できるだけ子供が小さい頃はそばにいて、可能な限り手をかけて育てたいと思ってもいいし、実行する体力・気力もある。

でも、40代で子供を産んで育てようと思ったら、逆にできる限り手抜きをしないと、親のほうがまいってしまうでしょう。親がマジで倒れたら、子供はもっと可哀想ってもの。

私なんかも良心の呵責《かしやく》を感じない程度に、ほったらかしてるもん。休みの日でも丸一日一人で子供の世話をするのは大変なので、夫が仕事の場合ベビーシッターに来てもらっている。もちろん、休日特別料金を支払って。

大変な思いをして夫や子供をにくったらしく感じるより、そのほうがずっといいと思うからしていることですが、世の中の多くの人は、「なんてもったいない」と言いますね。でも、そのもったいないって言う人が、実はブランド物とか洋服とか、車とか貴金属とか、私から見るとクダラナイことにお金使ってるんだよね。

せっかく稼いだお金は、有効に使わなきゃもったいないと、私は思います。モノにお金使うのって、ただ所有欲を満たして見栄張るだけ。それより自分の肉体的精神的コンディションを整えるために使ったほうがいいですよ。自分が疲れてなくて余裕があれば、家族にもやさしくなれるわけだし。

ま、ブランド物をゲットしただけで、他のどんな苦労も苦労でなくなるって人は別だけどさ。でもそんな40代って本当にいるのかな。

私がまだ20代で女性誌のライターをやってた頃、副編集長の40代女性が、シングルマザーで子供を産んだけど、なんと最長一週間まであずけっぱなしにしておける私立保育園というのにあずけていました。

なんでも、看護師さんがやってるクリスチャン系保育園で、子供が風邪をひいたり、お母さんが校了なんかで忙しかった場合は、夜もぶっ通しであずかってくれるんだって。その代わり、彼女のお給料は大部分そこに持ってかれちゃってたらしいんだけど。

若かった私は「じゃあ、どーやって生活してるんだろう」と疑問でしたが、40代は欲しいモノもそうないので、生活費だけあればいいんですね。だから子供にお金をかけられる。

そこまで経済力がないわ～という人だって、自治体の子育て支援サービスなどにお願いして、できるだけ手抜きしたほうがいいと思います。

ずっと見てくれるけど、フラストレーションがたまってイライラしているお母さんより、自分の人生に満足して、機嫌がいいお母さんのほうが、子供だって幸せだもんね。

私の母だって私や姉を、ほとんど叔母や祖父にあずけて働き続けてましたが、だからといって私達がグレたり、愛情に飢《う》えたりしてたわけでもありませんからね。

それに、子供ってほったらかしにしている母親でも、手をかけ愛情をもって可愛がってくれる他の人よりも、ずっとずーっと好きなもんなんです。

それはホントにすごいことだと、自分で子供を持ってみて改めて思うんですが。

「母は強し」とゆー自信は、そんなところからも来るんですね。

それと私達みたいに母親になった仕事人間からすると、自分の仕事を気の済むまで（仕事だけでなく好きなこともある程度）やって、夜子供に会った時の可愛さはまた格別なんです。

毎日でも「会えて良かった」って思える。一日母親と離れていた子供も、母親の顔を見ると本当に嬉しそうな顔をして、大笑いしながら走ってきてくれますからね。

あの可愛さといったら……ワザと（その顔見たさに）ほっといてもいいくらいです。

そのうえ、いつも人にあずけられていると、たまの休日両親そろってお出かけしたりなんかするだけで、ものすごおく喜んでくれるんです。コーフンしちゃって、お昼寝もしてくれないくらい（親がグッタリ）。

だから、お金でも人脈でも、社会のサポートでもなんでも活用して、手のかかる時期の子供はできるだけあずけたほうがいいんです。

ある先輩ママは、下の子が小二になるまでベビーシッターを雇い続けたと言ってました。

「保育園の送り迎え、小学校からスイミングの送り迎え、全部お願いしてたけど、うちの子はママが一番好きなんです。だって、上の子（小六）も、下の子も、ママみたいないい女の人と結婚できますようにって、毎晩お祈りしてるんですよ」

と自慢げ。喜びに輝いておりました。

「お金的にはスイミングに通わせるだけで、お月謝よりベビーシッター代のほうがかかっちゃったくらいだけど、自分の子が知らないうちにバタフライとかできるようになっちゃってるのを見ると、おおー、あのお金はムダではなかった、と思えるんです」

まさに、〝親はなくとも子は育つ〟!!

彼女も、忙しい雑誌の編集をずっとそれで続けてこられたのです。でも他人は、保育園の送り迎えもシッターさんにさせる彼女に、「○○君には愛情が足りないんじゃないの？　もっと手をかけてあげたほうがいいんじゃないの？」と、まるで息子さんを〝可哀想な子〟みたいに言ったそうです。

もちろん、言ったのは専業主婦ではないけれど、家業のお手伝いをちょこっとやっ

Column7

スポットで利用できる ベビールーム&シッターサービス

○ピジョンキッズワールド
HP◇http://www.pigeonhearts.co.jp/index.html

育児用品でおなじみのピジョンが子育て支援事業として展開するチャイルドケアセンター。外国人ティーチャーが常駐しており、国際色豊か。首都圏を中心に全国で14カ所（2014年2月現在）あり、小学校就学前の子供を独自のメソッドでケアしてくれる。著者は、娘が小さい時に松濤キッズワールドを利用。

○わらべうた
HP◇http://www.warabeuta.co.jp/

著者の娘が生後5カ月になるまでベビーシッターを頼んでいた。自宅など指定の場所に来てくれ、0歳から24時間、世話をしてくれる。3時間より30分単位で、基本時間内は会員の場合1時間2000円（平日9：00-18：00）から。シッターと家事のサービスをやってくれるホームシッター・コース、病児ケア、グループ・シッティングなどサービスも充実。

○自治体の子育て支援サービス
HP◇http://www.jaaww.or.jp/service/family_support/index.html

各市町村が設立運営を行なっている「ファミリーサポートセンター」は、地域において、育児や介護の援助を受けたい人と行ないたい人が会員となり、育児や介護について助け合う会員組織。育児サービスは学校の夏休み、保護者の病気や外出など、さまざまなシーンで利用可能。詳細は下記（財）女性労働協会ホームページか、各自治体の窓口へ。

てて、ゆる～い感じで保育園に子供をあずけている、ママ友達でした。ま、その人も、悪気があって言ったわけじゃないんでしょーけどね。余計なおせっかいだっつーの。

子供を誰かにまかせることを可哀想だなんて思うことないんです。そのぶん、朝も夜も可愛がってあげればいいんだし。だいたい昔の家だって家族の誰かが子守できなかったら、〝おしん〟みたいなねえやを雇ってたんだからさ。我が家の場合、それが外国人ベビーシッターになったってだけで。若くて体力あるから公園に、日に二回とか行ってくれるんだから、ありがたいよ。

Part 5

肉体は魂の器
その管理を
大切に

体は借り物であるという感覚を持つ

Ｄｉｄｏ《ダイド》の「ライフ・フォー・レント」という曲をご存知ですか？　いい曲なんで、聴いたことのない人は一度聴いてみてください。

"but if my life is for rent and I don't learn to buy well I deserve nothing more than I get, cos nothing I have is truly mine……"

というサビの部分で、じわーんと、きてしまう40女は多いはずですよね。私なんか、「そうそう、そうよね」と、涙すら出てきました。

ま、歌詞というのは抽象的なものなので、とらえ方によっては全然違う印象を受けるものだと思いますが、私はこれ、「すべては借り物、だから本当に自分のものであるものなんか、一つもない」というふうにとらえました。そしてポップソングでありながら、実にニューエイジ的な、人生の深い意味を歌っている曲だなと思ったのです。

"to travel the world alone and live more simply"というフレーズには、私の憧れであるヒッピー的な生き方が描かれ、本当に何も持たず（所有しないで）、シンプルに〝生きる〟ことだけを楽しめたらどんなに素敵か、とも思います。

そう、四十にもなると、背負うものがどんどん多くなってきて、その重責にがんじがらめ、楽しくもなんともないのにただ日々の雑務に追われて生きている、なんて感じちゃうことが多いじゃないですか。すると、こういういい曲を聴くとじわーんって、なっちゃうんですよね。

とまあＤｉｄｏの歌はさておき、人生も半ばを過ぎると、先が見えてくるというか、残りの半分の人生をどう生きるべきか、心ある人なら考えてしまいますよね。

まあ人それぞれだと思いますが、私なんかは、最期はやっぱり、「あー、とりあえずいい人生だった。あれも、これもしたよね。いろんなとこへ行ったし、いろんな人に会った」と満足して死にたいと思います。若い頃みたいに何も知らず、何も分からないまま、あれも、これもしたかった、まだ死にたくない、なんて嘆き悲しみながら死ぬよりね。

そして、お別れを言わなきゃならない家族や親しい人には、「とりあえずこれでお別れだけど、来世でまた会おう！ See you later」と言って別れたい。

うーん、沖雅也《おきまさや》が自殺した時、「涅槃《ねはん》で待っている」って流行ったけど、これって仏教的な考え方なんだよね。「あの世で待ってる」もそうなんだけど、本当のところ、死んで肉体を抜けた魂は、天に昇っていくと大きな一つの光（大生命）の中に吸い込まれちゃって、宇宙の時間的にはわずか五分ぐらいの休憩時間の後、また生まれ変わって地上に降りてくる。

ま、私も、そのイメージを垣間見たのはヒプノセラピーによってだから、科学的根拠なんかないんですがネ。イメージで見る限り、どーも本当みたいな感じなんですよ。

よって、私達の存在の大モトである魂が、たった八〇年ぐらいの生涯の間にいろいろ好き勝手なことをさせてもらうため、ある肉体をお借りするわけです。

だから、やれ足が短いとか顔がデカイとか文句つけるのなんかもってのほかで、本来大切に管理し、感謝して、いずれは（土に）お返しするものだというのを忘れないようにしないといけないんですな。

　本当に、魂の存在のことを考えると、すごく長い間、輪廻転生《りんねてんしょう》をくり返してきた、長い長い旅を続けてきた、そしていろいろ学んできたものだから、そんな尊い存在が八〇年もの間宿るこの肉体は、〝お堂〟とか〝お宮〟みたいなものだと感じざるを得ないんです。

　そして私達がおよそ現世の楽しみといわれるさまざまなことを楽しめるのも、この肉体があってこそ。としたら、大切にせざるを得ないですよね。

　本当に人間の体というのは神秘的なもので、いまだ、科学では計り知れない数々のナゾが隠されています。それは、この地球の大自然と同じように、人間の手ではどうにもならないような、向き合うには大いなる〝respect〟を要するものなのです。

　特に齢40、年齢を重ねてきた肉体には、特別な注意と、メンテナンスが必要。まさにそれは、四〇年以上この地球上に存在している、骨董《こっとう》を扱うがごとく。

　そう、四十路も過ぎたら、自分が骨董品の域に入ってきた自覚を持たにゃあなりまへん。そうすると、ムチャして壊したりしないで済むようになります。

さらに、"respect"すべき魂が、これから何十年かの間、できるだけいい環境にいられるよう、そのマネージメントをするのも、私達個々人の、務めなのです。

できるだけ、痛いところ、苦しいところ、辛いところのないよう、できたら日々穏やかで、朗らかに過ごせるよう、全身的な心地良さを保つべく、管理したいものです。

体を動かすと、心も動いてくる

四十路を過ぎてしみじみ感じるのは、「ただでさえ新陳代謝《しんちんたいしゃ》が悪くなっているのに、体を動かさないと本当に巡りが悪くなる」ということです。

体は、もともと硬いのがさらに石のように硬くなり、重くなり、ダルくなる。そこで重い腰を上げないと、もう何をするのもカッタルイ、ドーンと鎮座ましますモノになってしまうのです。

かといって、とりあえず寿命まっとうするまでは何らかの生活行動をして生きてかねばならないわけで、ならばより動きやすい体作り、心作り、というのが必要なのです。

「現代人は、頭ばかり使って体を動かさないからバランスが悪くなるのだ」とは、インドの伝統医学アーユルヴェーダのドクターの言葉。

私もかつて、30代前半、仕事に飲まれてまったく体を動かさずに書き続けて、具合が悪くなってから、やっと、「どれ、ぢゃ、体操でもしてみるか」と重い腰を上げました。

「人間はそもそも、半日は歩いていてしかるべきものなのに、現代人は車ばかり使ってちっとも歩こうとしない」と、そのアーユルヴェーダのドクターも言ってましたが、とにかく健康には歩くのが一番いいとされています。歩くのがさほど苦にならない人は、機会を見つけちゃー歩くのをオススメします。

私も、歩くのがマジ苦手なのですが、たまに天気のいい日など、気が向くと買い物がてら散歩をします。すると、本当に空や緑など車で通過すると見過ごしてしまうだろう美しい風景を、楽しむことができます。

そして、しばらく歩いていると体があったまってきて、〝巡り〟が良くなり、体の中から、〝楽しく〟なってくるのが分かります。

「体を動かすと、心も動いてくる」のを実感するのです。私の場合、小説のインスピレーションや、生活の新しいアイディアなど、散歩の途中で湧いてくることが多いです。

太古の生活ではコンビニも冷蔵庫もないので、朝起きたらまず森に木の実を見つけにいって、朝ごはんの準備をしなければならなかった。だからまず、朝起きたら朝メシ前に、一〇分から二〇分の散歩なりヨガなりをしなさいと、アーユルヴェーダのドクターは言いました。

日本は天候が悪いことが多いから、早朝の散歩は一年を通してはムズカシイので、私は時間がある時はヨガをやっています。夏などは家族で公園に行き、お年寄りのラジオ体操に交じったりもします。

とにかく、ヨガでも散歩でもラジオ体操でも、簡単で、できたら毎日少しずつ続けられるものを、身に付けたらいいでしょう。お風呂上がりの簡単なストレッチでもいいと思います。

だけどとにかく体を動かすのが苦手で、誰か一緒にやってくれないと一人じゃとても簡単な運動すらできない、続かない、という人は、それが身に付いて、楽しさを知り、自主的に家でもできるようになるまで、どこかに習いにいくことをオススメします。

特に40の手習いとしてオススメなのが、ベリーダンスです。

「えー⁉ ベリーダンスなんて若い娘のやるお色気踊りなんじゃないの？」とみなさん思われるでしょうが、実はそうじゃないんです。海外では熟女の踊りとまで言われていて、アメリカやオーストラリア、フランスでは、健康体操として広く普及しているんです。

ベリーダンスの何がいいって、まず、①ゆるやかな動きで美しいダンスが踊れる②ムードのある音楽で日常の憂さを忘れられる③腰を中心に動かすので（子宮を中心に円や八の字を描く）フィーメイルエナジーが高まり、婦人科系疾患にも効果がある④腹筋が知らぬうちに鍛えられ、お腹がへっこむ⑤姿勢が良くなり、気品のある動きが身に付く⑥踊ることで楽しくなる⑦ウンコがよく出る……とまあ、あげ始めたらキリがないのですが、とにかくベリーダンスを踊ると元気になって憂さが晴れるのでオススメです。

衣装とかが心配という方も、基本的には腰の位置でスカーフか何か巻くものがあれば、あとは動きやすい格好ならなんでもいい（ジャージでＯＫ）ので、始めるのは簡

Column8

40の手習い!　ベリーダンス

○『横森式　ベリーダンス健康法』横森理香・著

著者が考案した、おうちでもできるベリーダンス健康法。ベリーダンスのストレッチと基本的な動きを体操的に取り入れ、女性美と健康を手に入れる！

（ヴィレッジブックス　1200円）

○「シークレットロータス」で「ベリーダンス健康法」

著者自ら教える「ベリーダンス健康法」。何歳でも、運動オンチでも始められる、健康法としてのベリーダンス。少人数制で、呼吸法も合わせて全身運動。本で自主練したけど今一つ分からないわ、という方はぜひ一度スタジオへ。ストレッチ素材の動きやすいお着替えさえあれば、ヒップスカーフ、ベールなどはスタジオに完備。ヨガ的なアプローチでゆるやかに体を動かせます。ご予約はホームページの「Contact」よりお願いします。

http://www.yokomori-rika.com/secretlotus/

単です。

ベリーダンスは太古の雨乞いの踊りに代表されるような、天と地と生きとし生けるものに感謝と祝福を捧げる踊り。また、女性が女性の体を持って生まれ、その生命を寿《ことほ》ぐ踊りでもあります。

私はこれ、40過ぎの女が日々目減りする女性性を取り戻すのにも本当にいい踊りだと思うし、やがて来る更年期にも絶対効果アリ、と見ているんです。だから、年取った人にこそオススメしたいのです。

神聖な体に入れるものはクオリティ重視で

若い頃はお洒落や夜遊びにお金がかかりすぎて、食材などにお金をかける余裕もなければ必要もなかったものです。

しかし、寄る年波、心と体の調子を良く保つには、口に入れるものこそ気を付けて、クオリティ重視で値段には目をつぶらないとならなくなりました。その心は、「美味しくて、健康！」。

なにせ四〇年余りも生きていると、それまでの経験から舌が肥えてしまっているし、年々そうはたくさん食べられなくなっているから、量より質、で選択していかねばならなくなっていきます。そしてまた、この年になるとそのひと口の美味しい幸せ感、それで作られる体調の良さこそが宝で、それ以上の贅沢《ぜいたく》もまた、ないんですね。

この本ではひつこいくらい、「健康こそ豊かさ！」と述べてきましたが、ホント四十路を過ぎて感じるのはまさにそこなんです。およそ、この世の贅沢と思われるすべてのことは、体調が良くないと楽しめないものだということが、身に染みて分かる年になったからです。

よく、無農薬野菜は高いから買わないという人がいますが、そういう人に限ってブランド物や、私から見たら意味不明なものに、お金を使っているんです。無農薬野菜や無添加食品、クオリティの高い食材など、いくらがんばっても何百円〜何千円割高、という世界でしょう。一個何万円〜何百万円のブランド物に比べたら、へでもない金額ではないですか。それで、日々美味しい食生活と、健康が築かれるのなら、安いものだと思いませんか。

若い頃は、無知から見栄の世界に生きていても仕方がないし、それが俗の楽しみだと言えば言えます。だけど、四十路も過ぎたら、そうではない内なる幸福感の探求に目覚めるのが、大人の女の証明だと、私は思います。

もちろん、「あら、大人の女だからこそブランド物のクオリティが分かるし、似合いもするのよ」という貴兄もいらっしゃるかと思います。でもそういう方達こそ、ぜひお口に入れるものもクオリティ重視でお願いしたいのです。

何万円もかかるエイジング美容液よりも、ずっと根本的におなかの中からキレイになれるもの、それが、クオリティフーズです。ま、クオリティフーズなんて一言で言っても良く分かんないですが、とりあえず、オーガニックであること、ですよね。

というのは、現代社会、息吸ってるだけでも、特に都会暮らしの人達は化学物質が体内に入ってきちゃってるわけです。空気も悪けりゃ、水も悪い。だから、自分でコントロールできる食の部分だけでも、化学物質のできるだけ少ないものを選びたいのです。

無農薬、無添加食品はそういう意味でもいいし、新鮮で、味も良く香りも高いものです。だから美味しくいただける、という点でも、大人の女にはぜひ試してほしいものです。

寄る年波、お肉は消化が悪くてなかなか食べづらいものになってきますから、野菜が美味しい、ということはそれだけで素晴らしいことなんですね。お魚もそうです。

お肉よりお魚のほうが健康的だし、あぶらが乗った旬のお魚でも、お肉のあぶらに比べたら、ぜい肉になりにくいんです。それに、特に光り物のお魚のあぶらはとっても体に良いので、意識してサバ、アジ、イワシ、サンマなど、食べるようにしたほうがいいといいます。

特に魚介類は、新鮮で、多少お高くても質のいいものを買ったほうが、美味しさが全然違うのでいいと思います。特に年を取ると、そうそうたくさんのものをいろいろは食べられないので、旬のお魚のいいものは、人生の後半のお楽しみともなるでしょう。

私は、無農薬野菜や、お米、無添加の食材など宅配で取り寄せています。宅配で毎週定期的に来ると、残して捨てるのはもったいないと思うことから、自然に野菜中心の食生活になります。これは、健康作りに大いに貢献していると思います。

何しろ、家にいい自然塩（海塩）、エキストラ・ヴァージン・オリーブオイル、それにバルサミコ・ヴィネガーくらいがあれば、新鮮な野菜をさっと洗って食べやすい大きさに切るだけで、そんじょそこらのカフェやレストランより美味しいサラダができちゃうんですから、それに越したことはありません。

おうちごはんの素晴らしいところは、パジャマでフレンチでもイタリアンでも、か

Column9

ヘルシーメニューに活躍!
クオリティ調味料

○五代庵の梅塩

HP◇http://www.godaian.co.jp/

梅干しを作った時にできる梅酢から作った塩。これでおにぎりを握っても美味しいいし、一夜漬けに使ってもGOOD。大根やキャベツをザクザク切って、梅酢と混ぜてジップロックに入れて冷蔵庫に。なくなるまで漬物を買わなくて済みます。

○スカイフードのホワイトソース

HP◇http://www.sky-food.co.jp/

自分で作ると超めんどくさいホワイトソースもこれなら簡単！ 顆粒状なので、豆乳と混ぜてクリームシチューに、グラタンに、クリームパスタにと大活躍！　子供とお子ちゃま舌の旦那を持つ大人女子の救世主。添加物が入ってないのでサッパリ！

○マスコットフーズ　One(オーネ)のスープストック

HP◇http://www.mascot.co.jp/products/one/

こちらも無添加のスープストック。コンソメ、ハーブブイヨン、チキンブイヨン、フィメ・ド・ポワソンなど、あらゆるストックがあり、どれも美味しい。簡単にいいお味が出せるので、頑張らなくても幸せ♥　ネット通販でも購入できます。

○奥井海生堂のだし昆布

HP◇http://www.konbu.co.jp/

なんといっても奥井の昆布は、ほかのものとダシの出方が違います。こんぶだけで濃いぃダシが取れるので、苦労なく美味しい汁物ができてしまうのです。煮物にもGOOD。ネット通販で買え、お値段やランクも色々なものがあるので時と場合に応じて楽しめます♥

なりクオリティの高い和食でも食べられちゃって、おなかがいっぱいになったらゴロッと横になれるところですよね。これぞ、「40からラクに！　楽しく！　生きる秘訣！」。

ちなみに、アンドルー・ワイル博士の本によると、油は低温圧搾油しか使わないほうがいいようです。すると大量生産の食用油はほとんど体に悪いんですね。だから手に入れやすいところでは、エキストラ・ヴァージン・オリーブオイルがいいんです。

お塩はナトリウムの食塩ではなく自然塩（海塩）、お水はミネラルウォーターか浄水器を通したもの、野菜は無農薬、食品は無添加、これは年増の女がその美と健康を保とうと思ったらもうお約束なんです！　それと新鮮な果物でビタミンCの補給、抗菌作用のあるニンニク&ショウガもお忘れなく。

禁煙と早寝早起きで10歳若返る！

寄る年波、いいものを体に入れ、悪いものはできるだけ入れず、老廃物もガンガン出すようにしないと、老化に拍車がかかるばっかりです。そこへ表面的にどんな高級美容液やらつけても、若返りには程遠い。キレイになりたかったら、体の中からキレイにしなきゃもう追っつかないのです。

喫煙は特に、タバコに含まれる数十種類もの化学物質が吸うたびに体内に送り込まれると思うと、やめざるを得ないでしょう。他のこと（食べ物や飲み物）で健康や美容に気を付けていても、タバコを吸っていては元も子もないんです。

私は若い頃はカッコ付けで吸っていましたが、もともとそんなに好きじゃなかったことから吸わなくなりました。でも愛煙家にとっては、「吸わないと落ち着かない」「目が覚めない」「仕事にならない」と、なくてはならないもののようです。

胎児への影響から妊娠を機に止める女性や、父親になって止める男性も多いようですが、母乳を止めると同時にまた吸い始めてしまう人も多いようです。私の友人もそうでした。

でも実際、タバコを吸ってなかった妊娠中の友達は、本当にキレイだったんです。妊娠によるホルモンのせいもあったでしょうが、お肌はみずみずしくうるおい、血行も良くなって、顔色も本当に良かった。

娘の誕生と同時に思い切って禁煙した我が夫もそうです。イギリスのテレビ局BBCの番組で、乳幼児突然死症候群の原因が家族の喫煙によるものと知り、やめたのですが、図らずも美肌と若返り効果があったようです。

なかなか止められない人は、「アメリカン・スピリット」という無添加タバコにまず変えてみてはどうでしょうか。これは夫が、禁煙に成功したニューヨーク帰りのゲイ友達に教わって、止める数年前から吸ってたんですが、本当に止める時、普通のタバコよりつらくないんだそうです。

なぜなら、普通のタバコに含まれる添加物＝化学物質が、依存症の原因になっているかららしいのです。とは言っても、止めて二週間くらいはイライラして、ガムをかみまくってましたけどね。

喫煙が健康に悪いと知りながら止められない人でも、美容と若返りには代えられない、と思うのが女心ではないでしょうか。それも、40代というビミョ〜な年齢で、日々エイジングの加速と戦ってる私達には。いいチャンスといえばチャンスなのです。

もう一つ、「あくまでもススんでる女でいたい」という意識が肝心です。トレンディな洋服を身に着けるのとおんなじように、ライフスタイルもイケてる女であり続けたい、と思うのも若返り作戦の一つです。

アメリカの映画やドラマなんかでは、タバコを吸ってる人はもうホント前時代の生き残りオヤジみたいに描かれてるし、登場人物が失恋したりして、ヤケんなって吸っちゃう、みたいなものとして描かれているのです。そんな〝お笑い〟に、自分だってなりたくないですよね。

それと美肌効果には絶対〝早寝早起き〟です。これももう何度も書きましたが、マジ夜十時から午前二時はお肌のゴールデンタイム。この時間帯に熟睡していれば、どんな高級美容液よりも美肌効果があるんです。それだけじゃなく、ホルモンバランスも整い、生理不順や不妊、婦人科系の病気にも効果があるといわれています。

アーユルヴェーダのドクターはさらに、「日没とともにすべての活動を終了し、消化のいい軽い夕飯を食べたら後は好きな音楽でも聴いてくつろぎ（テレビを見たり、おしゃべりに花を咲かせるのはダメ）、食べた物が完全に消化した状態で、九時には就寝するのがベストだ」といいます。

なぜなら、夜十時には熟睡していないともったいないからです。夜十時～午前二時は治療的にもゴールデンタイムで、自然治癒の起こるベストタイムだからです。

だから、夕食でおなかぽんぽんのまま眠っても意味ないんだそーな。眠っている間にも体は消化を続けているわけで、それにエネルギーを使っちゃって休まらないから。

もしなんにも消化しないでもいい状態で眠っていれば、余ったエネルギーは夜十時～午前二時の間に勝手に悪いところを見つけて直してくれるんだそうです。しかもタダで！　こんなお得なことはありません。ただ夕食を軽めにして、早く眠るだけでいいんですから！

実際、私はドクターにこのアドヴァイスを受け、36歳から早寝早起きをしていますが（最初は慣れなくて大変だったけど）、現在年よりも若く見えるのはそのせいかもしれません。

子宮筋腫の自然治癒と自然妊娠が目的で始めた早寝早起きですが、図らずも若返りと美容効果があったのです！

そういえば、ホルモンバランスが整うと、太りにくく痩せやすい体質にもなるといいます。40になったら、これはもう、トライするっきゃないですよね！

すぐに薬に頼らないで休む、自力で治す

私は小さい頃病弱で薬ばかり飲んでいたのですが、20代前半に姉が鍼灸《しんきゅう》の勉強をし始めたことがきっかけで、薬に頼るのをやめました。

というのも新薬には副作用があり、その症状に対する効果は期待できても、他の健康である全体への悪影響もあるからです。だから新薬にできるだけ頼らず、体全体の自然治癒力を高めたほうが、病気はスッキリと治る。

風邪なんかでもそうですが、薬で抑え込んでいる状態だと、丈夫な人なら治ってしまうのですが、あまり体が強くない人だと、体内でくすぶっていたものがまた疲れた時にぶり返す、というのはよくあることです。

もちろん、耐え切れないような高熱や痛み、炎症には、新薬は本当に助かるし、頼りにもなるのですが、いわゆる市販薬ぐらいのものは、医者に行く必要がない程度の軽い病気だと判断して使うものがほとんどです。ならばできたら、使わないほうがい

いのです。

市販薬のＣＭを見ててよく思うのが、「こんなに無理して、薬飲んでまでやることないのに……」ということです。

「飲む前に飲む！　食べる前に飲む！」「油っぽいモノを食べても、これがあればモタれない！」といったような胃腸薬、消化剤の宣伝も、私にとっては「？」です。

胃にモタれるようなものは、食べなきゃいい。それだけのことです。胃にモタれるということは、体が、「うわ〜、カンベンしておくんなまし、そんな油っこいものよう消化せんわ！」と言っているということなのです。それを、薬でごまかして無茶してしまったら、やがて決定的に体を壊してしまうでしょう。

お酒にしてもそうです。コーヒーや辛いものなどの刺激物も、胃が痛くなったり下痢するようなら、もう食べられない、飲めない体になった、というサインなのです。量を減らすなり、まったくやめるなりする潮時なのです。

私も若い頃は暴飲暴食をしていましたが、今ではホント、体と相談しながら飲み食いしています。だから、もともとそんなに丈夫なほうじゃないのに、健康を保てているるのです。

頭痛薬の宣伝にしてもそうです。熱もないのに頭が痛くなるのは疲れている証拠なんです。なのに、頭痛薬を飲んで行動してしまう。それで、「飲んで良かったネ！」みたいにみんなで喜んでいる。そんなことを、日常的にくり返していたら、それはもう〝薬漬け〟ですよ。

頭が痛かったら、横になって休んだほうがいいんです。できたらフトンに入って、昼間でも治るまで眠る。会社も家事も休んで、起きてもまだ痛かったら、治るまで寝たり起きたり、たらたらしてたほうがいいのです。

それを責めるような会社や家族は、そっちのほうが心のビョーキですよ。何か特別な機会でどうしても休めない、だから薬で痛みを止めて、なんてのは、年に、もしくは何年かに一回ぐらいにしたほうがいいのです。

私も（自分の）結婚式の時に、秋の花粉症があまりにもひどくて、式の最中だけ抗ヒスタミン剤を飲みましたが、あれはホント〜に怖い薬だと思いました。鼻水だけでなく涙まで止めてしまうので、極度のドライアイになって、コンタクトレンズがハズれてしまったのです。おかげで私は、片目がぼ～っとしたまま、式の一部始終を見ることになったのです。

皮膚のカイカイにしてもそうですが、30歳ぐらいの頃、原因不明の皮膚病に罹り、三軒の皮膚科に行って一年間で副腎皮質ホルモン剤がどんどん強くなって、カイカイはどんどん広がり、とうとう肌が薬に負けてただれてしまった、という経験があります。

結局、薬を止めて鍼灸で治したのですが、毎日通って一カ月かかりました。「薬を使えば使うほど、その期間が長くなればなるほど、自然治癒が起こるのも時間がかかるようになる」と、鍼の先生は言っていました。鍼灸は結局、体の気の流れを良くして、本人の自然治癒力を高めてあげることによって病気を治す方法なので、それまで摂《と》っていた薬が抜けるまで、それは起こらないのだと。

新薬ならば数十分もすれば効くので、一時的に治ったと思いがちですが、それは対症療法にすぎないのです。もちろん、それなくしては耐えられないような重い症状の場合は頼らざるを得ないのですが、できたら休み、昔ながらの自然療法を試しつつ、時間をかけて治したほうがいいのです。

　おなかを壊したら消化のいい（油も使ってない）スープに切り替えるとか、風邪をひいたらショウガ湯を飲んで、あったかくして寝るとか、そんな簡単なことで、案外良くなったりするんです。

　腰湯や足湯をして汗を出す方法というのもありますが、慣れない人にとっては根気もいり、ムズカシイものです。私は、風邪をひいたらとにかくあったかい汁物（おろしショウガたっぷりの梅うどんとか、ハチミツたっぷりのショウガ湯とか）を食べては汗をかき、飲んでは汗をかき、すぐ着替え、眠っては汗をかきまた着替え、をくり返します。

　具合が悪くなったら薬に頼らず休んで治す。決して無理はしない。四十からのお約束です。

体が非常事態の時に役立つツールを常備

娘の風邪がうつって、久しぶりに三八度以上の高熱を出しました。私は自然療法好きなので、ちょっとした風邪ならホメオパシーで治してしまうのですが、今度ばかりは扁桃腺が腫《は》れ、ホメオパシーも効きませんでした。

ホメオパシーは日本語で言うと同種療法、「似たもので似た症状を治す」ものです。現代医学では熱には解熱剤、痛みには鎮痛剤というように症状を抑え込む薬を投薬する治療法が主流です。それに対して、ホメオパシーは症状を惹《ひ》き起こす成分と似たものを超微量摂ることで、自然治癒力を高める療法です。

レメディーと呼ばれる薬を服用しますが、その原料になるものは植物、動物、鉱物です。でも、原料物質が残らないほどまで希釈してあるので、エネルギー療法みたいなものなのです。

だからホメオパシーのレメディーには副作用がなく、お砂糖の粒にしみ込ませてあるだけなので、小さい子供からお年寄りまで使えます。二十一世紀のメディスンと呼ばれるのは、この辺から来ているのでしょう。

ヨーロッパやアメリカをはじめ世界中で受け入れられ、三〇ポーテンシー（レメディーの成分の単位）の比較的希釈率が低いものは、家庭用として市販されています。二〇〇ポーテンシー以上の希釈率が高いものは、よりホリスティックな（一人の人間を部分的ではなく、全体的に診る）働きかけが強くなるので、感情的な面、心理的な動き、精神的、生命力そのものの変化などに対して専門家のフォローアップが必要となり、家庭の常備薬として勝手に使うのは避けたほうがいいでしょう。

我が家には海外で入手したホメオパシー家庭用キット（すべて三〇ポーテンシー）があり、風邪、腹痛、すり傷など、よく起こるマイナープロブレムは、たいがいホメオパシーで治してしまいます。子供の鼻水、下痢、打ち身なんかにもとっても良く効き、小さいお砂糖の粒なので赤ちゃんにも簡単に飲ませられて便利です。

ホメオパシーの家庭用のレメディーは「ニールズヤード　レメディーズ」の通信販売でも売られていて、ガイドブックもあるので、ちょっと勉強して使ってみるのをオススメします。

タイミングがいいと、驚くほど良く効くホメオパシー。私は一度、三七・四度ぐらいの熱が出て、「お、ヤバそー」と思ってすぐベラドンナという熱用のレメディーを飲んだところ、たった四時間で平熱に戻り、ぶり返しもしなかった、ということがあります。

ガイドブックを読むと、いろんな症状や、心の状態が書いてあり、それにあてはまるレメディーを選んで、自分でその効果を体験すると、面白くてやめられません。

「家族にも、処方しちゃうよ～」みたいな……。

病院の薬と違って副作用がないので、もし処方とタイミングがバッチリ合ったら、こんなにありがたいものはないんです。漢方薬も実は副作用があるので、新薬よりは安全と言っても、あまり多用するのは良くないです。

ところがまあ今回は、強力なウィルスによる扁桃腺のひどい腫れで、ホメオパシーがまったく効かず、朝から夕方までにどんどん熱が上がり（レメディー飲んで眠ったのに）、三八度を超してしまいました。

それで、久しぶりに病院に行って、抗生物質と解熱剤をもらったのですが、効きすぎて怖いくらいでした。だって飲んで本当に四〇分くらいで三八度の熱が平熱になっちゃうんだもの。まさにドラッグ！

あまりにも耐え切れないのでヤク入れちゃったよ、みたいな敗北感がありました。なぜなら、抗生物質は細菌も殺すかわりに、体の中の良い菌も殺してしまうからです。長年の無農薬野菜や玄米で培《つちか》った私の腸内の善玉菌が、こんなことで殺されてしまい、完全に復活するまで三カ月はかかるというのです。

あー、もったいなかった。で、抗生物質を飲んだあとはせっせと納豆やヨーグルトを食べたほうがいいってゆーんだけどさ、なかなか元の状態には戻らないんだよね。実際今回も一週間後におなか壊しちゃったもん、普段めったに壊さないのに。

熱は下がって、扁桃腺の腫れはひいても、全身的に具合が悪くなってしまうので、できたら新薬は使いたくないってんで、我が家で非常事態用に常備しているものに、前述のホメオパシー家庭用キットの他、エキネシアチンキやプロポリスがあります。

エキネシアもプロポリスも天然の抗生物質。風邪予防にうがい手洗いは基本ですが、それでもかかってしまったら、この二つのどちらかが大活躍。

エキネシアはマーガレットに似たお花ですが、アマゾンのネット通販でもサプリ、チンキ（液体のエキス）、ハーブティーといろいろ売られています。かかってなくても風邪予防に冬場は子供にエキネシアのハーブティーを飲ませて自分も飲んでおくという自然派ママさんもいます。ティーバックのものはKALDI COFFEE FARMにもあり、常備しておくと便利。

プロポリスは蜂が植物の抗生物質成分を採集して作る蜂ヤニ。巣作りに使うらしいのですが、これがまた喉痛、風邪に効くんです。蜂さん、ご苦労様♡　アマゾンのネット通販でもチンキ、のど飴、のどスプレー、サプリと、さまざまな製品が売られています。

冬場は、帰宅時のうがい手洗いを徹底し、ちょっと喉が痛くなったら塩うがい、鼻うがいもプラス。プロポリスキャンディは常備しておき、子供にはちょっとピリリと来るけど、初期の段階で舐《な》めさせてしまえば治ります。

大人は荒療治ですが、喉にエキネシアチンキかプロポリスチンキを垂らす＝直打《じかう》ち、という方法を取ることも。フツーは二十滴ほどを水に溶かして飲みます。子供は十滴。

その他家族の誰かが風邪をひいたらアロマポットでティートゥリーのエッセンシャルオイルをたくと、空気を浄化してくれるし、喉痛や軽い胃痛にはマヌカハニー（強力な殺菌作用のあるハチミツ）など、非常時のツールをできるだけ自然派で常備しておくと、とっさの時便利です。

Column10

ナチュラル系　家庭の常備薬

○エキネシア

マーガレットに似たお花。風邪予防に冬場は子供にエキネシアのハーブティーを飲ませて自分も飲んでおくといい。チンキもあり、これは水に薄めて飲む。

○プロポリス

蜂が植物の抗生物質成分を採集して作る蜂ヤニ。巣作りに使うらしいのですが、これがまた喉痛、風邪に効く！　冬場はキャンディを常備しておき、風邪の引きはじめに舐めましょう。

○ティートゥリー

オーストラリアに自生するユーカリ系の木。この葉が落ちた湖が紅茶のように染まることから、ティートゥリーと呼ばれる。天然の抗菌作用が強く、最近の研究では免疫強化作用も明らかに。原住民アボリジーニはかつて、ティートゥリーレイクでお産したとか。

○マヌカハニー

ニュージーランド原産のマヌカという花から採れる蜂蜜。強力な抗菌作用があり、薬効が高いものは、現地病院では火傷の塗り薬にも使われるとか。

※上記すべて、Amazon、楽天市場などネット通販で入手できます

ミドルエイジは自分のためにキレイでいる

30代までは、肉体を磨けば磨くほど、そこに何か（ズバリ男カンケ～）起こる期待を抱くものです（笑）。女としての賞味期限も、試してみたくなるものですよね～。

ところが、40代にもなると、そんなことは考えもしない、ということに、我ながら驚いてしまいます。

「四十代は女盛り？　それとも……」なんて雑誌の特集を見ても、「もし女盛りでも、疲れるからなんにもしたくなーい」って世界なのね。

ホント、オトコ関係というのは、男好きの女だったらそれが生きる活力になるかもしれないけど、そうでもない人にとっては、年を取るとめっちゃ疲れるものだから、できたら避けたいものになる。

まぁだいたい、35くらいで私なんかの場合息が切れてきて、長年連れ添ったカレと年貢納めましたよね。その後四年間くらい子宮筋腫と不妊とに翻弄《ほんろう》され、キレイに言えば精神的成長があり、やっとこ子供ができたというわけ。

それだけで充分で、いっぱいいっぱいって感じなの。だから、メディアに登場する奥様方とは違って、これから「自分探し」しようとか、「オシャレして夫以外の男性とデート」なんてこと、考えもしない。

まぁ、20代で結婚して、子供を育て上げ、何かやり残したよーな気分になってしまうのは分かるけど、それが40代だと思うとちとキモイ。そういう女を生理的にキモイ、と思うのは、何も男だけではないんですね。

外国人の男性は別です。なんせ日本人の女性は若く見えるし、フランス人は「女は40からが本物」と言うくらい、ヴィンテージな良さを分かってくれる。でも、新鮮な素材をサクッと切って食べる文化の日本人は、どーにもこーにも及び腰になってしまうのです。

しかし、だからといって、自分の肉体を、「用がないならほっとくわよ」というのもいただけないですよね。そういう友人、知人もたくさんいますが、私は、自分自身に満足して気分良く生きるために、誰が見ているわけじゃなくても、誰がほめてくれるわけじゃなくとも、無理のない範囲でキレイにしていることは必要だと思います。

特にシラガは、アンチエイジング化粧品などが日進月歩して、今の40代はあまりにも若いから、似合わない。シラガ染めだけはまめに行くべきです。私も、毎月ヘナに行ってます。白いモノが目立ってきちゃうと、どっと老けた気分になっちゃうから。

赤ヘナでシラガを染めると、ちょうどメッシュみたいになっていいですよ。

それとヘナには、トリートメント効果もあるんです。だいたい三週間でその効果はなくなるらしいんですが、ホントにヘナをしたあときっかり三週間で、髪がパサついてくるのだからおっかないモンです。

「気を付けてなかったら、いったいどーなっちゃうの⁉」と叫びたくなるくらい、40過ぎると美容力もガタッと衰えてくるんです。

若い頃はシャンプーとコンディショナーも、何を使ってもそれほど差はなかったものが、今ではいいものを使わないとホント〜に、バッサバサになってしまう。私はヘナのサロンのオリジナル、スカルプ・ナジャプーを使っています。アンチエイジング用に開発された、リンス不要、スカルプケアのシャンプーです。

アンチエイジング化粧品というのも、ちょっと前なら栄養たっぷりすぎてニキビのモトになっちゃったのですが、今では何を使っても、ぐんぐん吸い込む。まるで乾いたスポンジに水がしみ込むがごとくの我が肌よ、てなモンです。

あー、もー、ホント恐ろしい限りです、エイジングとゆーのは。化粧品の効果の程を実感できる、という点では、若い頃より楽しみが増えた、と言えば言えます。

近年、安くていい化粧品がたくさん出ているので、時代の変化もまた楽しいのです。あるエステのおばさん（何十年と個人サロンを経営している）が言っていたのですが、化粧水などは高いものを使う必要は全然ないとのこと。

「全身使ってももったいなくないぐらいの値段のものを買って、ホントに全身使ったほうが美容にいい」

と豪語していました。年取ると、体も乾いて来ますからね。この使用法だと、APSのモイスチャーミストなんか抜群ですよ。量も多く、お掃除用品みたいなガンスプレーがついてますからね。

HABAの美肌本に載っていた方法は、化粧水五回づけ！　少量を手に取り、手のひらで優しく五回。コットンを使うのは化粧水がもったいなく、手でパッティングするのも肌への負担が大きいので、優しく染み込ませるようにつけるのだそうです。私もやってみましたが、さすがにめんどくさくて続きませんでした（笑）。今では、いろいろなプチプラコスメを試して楽しんでおります。嵌っているのは「潤炭酸」。オレンジの香りの炭酸ミストで、これがまた気持ちいいんです！

ＩＫＫＯさんオススメの、「洗顔のあとすぐ塗る美容液 Skin version up」もいい感じ。お試し用なんと５００円！　あとは香寺《こうでら》ハーブ・ガーデンのローズウォーターをつけ、ＡＰＳのジェルクリームと目元口元集中ケアクリームをつけ、Ｔゾーン以外のところにＨＡＢＡのスクワランオイルをつけて完成。

40代の一〇年間、さまざまなアンチエイジング化粧品を試して来た私ですが、リッチすぎて毛穴が詰まったり、皮膚が厚くなった経験もあり、今では値段や有名度にかかわらず、「自分に合ったものを楽しんで」使うことにしています。

ま、長年生きているとコスメも飽きますからな。薬局、売店で新しいものを発見して、使ってみるのもまた一興。

"How to entertain yourself !"

これは、シャーリー・マクレーンから故小森《こもり》のおばちゃま経由で私に届いた言葉ですが、これがまさに、40代からを楽しく過ごすワザなのです！

本書は、２００５年2月、小社より単行本『がんばらない　でも幸せ「Try being!」』として発行された作品を、加筆・訂正・改題のうえ文庫化したものです。

祥伝社黄金文庫

がんばればがんばるほど幸《しあわ》せになれないと感《かん》じているあなたへ

平成26年2月10日　初版第1刷発行

著　者　横森理香《よこもりりか》
発行者　竹内和芳
発行所　祥伝社《しょうでんしゃ》
〒101－8701
東京都千代田区神田神保町3－3
電話　03（3265）2084（編集部）
電話　03（3265）2081（販売部）
電話　03（3265）3622（業務部）
http://www.shodensha.co.jp/

印刷所　錦明印刷

製本所　ナショナル製本

　ISBN978-4-396-31630-3 C0195